乙卯年印

# 初學粵音切要

香港英華書院活板

A

# CHINESE PHONETIC VOCABULARY,

CONTAINING ALL THE MOST COMMON CHARACTERS,
WITH THEIR SOUNDS IN THE CANTON DIALECT.

HONGKONG:
PRINTED AT THE LONDON MISSIONARY SOCIETY'S PRESS.
1855.

## 初學粤音切要序

且夫西國之文、從二十餘字母而來、是音有定、而義不寓焉、待將字母成語、而意始立、而中國之字、不下四五萬、其意有定、而音未定焉、以各省各類之音不一也、故西士之人、欲學中土之音、必先專一、而後無駁雜之弊、必先得法、而後有善成之功、今余來中國有年、將温武溪所註粤東土音之三十三韻、揣而熟之、間有未精確切者、並參以康熙字典、於是採乎文墨中所必需之字、條分部類、次第點畫、而兼以英字確切其音、其法簡而易學、其用變而無窮、於廣東土音、諒亦無能左右之者、故名其書曰初學粤音切要、務使閱者、明如指掌、純無間雜之疑、便於樓尋、豈有魚魯之混、即後之學生小子、誠能將此切音之數十字、習而熟之、則無不識之字矣、是書之作、豈無小補云、是爲序、

# PREFACE.

The design of this book is twofold :—(1) to illustrate the phonetic relations which exist between Chinese characters by exhibiting a complete list of phonetics, with the most common derivatives printed under each in smaller type ; and (2) to afford an easy method of determining the Canton pronunciation of words.

The phonetics are arranged in the same order in which they occur in Kang-He's Dictionary. Their form and order ought first to be attended to ; after which it will not be difficult to find any character in the book, whose sound is required. The student is supposed to be familiar with the radicals.

The sound of each character is represented by other two, in small type, an initial and a final, the respective powers of which are given at the top of each page. Every Roman initial has two representatives in Chinese, one for the upper (上) series, and one for the lower (下) series of tones. Each final sound has three or four characters corresponding to the four tones (平 上 去 入). In the last (入) tone, final *n* becomes *t*, *m* becomes *p*, and *ng* becomes *k*.

*a, o, u,* and *i* with no mark are pronounced as when before *r* in English—*far, for, fur, fir.*—*a* with a mark is short.—*ae* is not the diphthong *æ*, but is pronounced somewhat as in the word Shangh*ae*.—*y* is pronounced as in *by* ; but after other vowels as in *joy*. The termination *ing* has a variety *ëing*, which is often optional, but in 石 *shëik* a stone and several other words in the fourth tone it is always followed. These pronunciations, however, only approximate to the truth.

## ERRORS AND OMISSIONS.

Pages 1. and 2. under—*wan* for 幻 擐 read 擐 幻
„ „ „ over 鞋 乃 界 for-*ea* read-*ae*.
Page 3. line 6. for 說 心 乙 read 說 審 乙
„ „ „ 13. under 分 add 諡 時 至
„ „ „ 15. for 腆 丁 典 read 腆 同 典
„ 5. „ 4. under 匝 add 箍 非 烏
„ „ „ 12. for 棹 之 教 read 棹 枝 教
„ 12. „ 16. under 弁 add 畚 丙 本
„ 25. The phonetic 㒼 should come under 冂 and not under 艸
Under 石 add as a phonetic 砉 喻 或

# 初學粵音切要

| 鳥喻 | 英由Y- | 可下H- | 見其K- | 敬其K'- | 〇摩NG- | 〇言J- | 之杖CH- | 丑長CH'- | 則在TS- |
|---|---|---|---|---|---|---|---|---|---|

| | 平上去入 |
|---|---|
| -een | 天典見別 |
| -an | 奸晚犯八 |
| -wan | 環幻挽刮 |
| -an | 申忽艮不 |
| -wan | 君尹困骨 |
| -un | 倫嫩豆出 |
| -oon | 門本半末 |
| -ün | 全犬寸乙 |
| -ü | 于宇餘邑 |
| -eem | 廉點欠帖 |
| -am | 緘斬𨂖甲 |
| -om | 金嗽浸十 |
| -om | 甘敢勘合 |
| -ang | 生等幸則 |
| -aang | 彭睬硬白 |
| -wang | 橫〇〇或 |
| -ing | 丁丙正碩 |
| -wing | 榮永泳京 |
| -ung | 中總動卜 |
| -ong | 當綁壯學 |
| -wong | 王廣旺國 |
| -eong | 章兩上約 |

## 一部

一 一英不
丁 丁丁丨 汀丁丨 疔丁丨 釘丁丨 叮丁丨
釘丁正 訂丁正 頂丁丙 打丁也
丂 丂可卯 攷可卯 巧可卯 朽英九
七 七七不 叱丑益
丈 丈杖上 仗杖上 杖杖上
三 三心監 三心鑑
上 上時上 丄時兩
下 下下也 丅下亞
不 不丙不 杯非由 杯內回 盃內回
丏 丏明典 麪明見
丐 丐敬代
丑 丑丑九 杻杻九 狃杻九 紐杻九 鈕杻九 杻杻卜
且 且七者 苴則於 疽則於 咀則語 沮則語 姐則者 爼之火 阻之火 詛之個 祖則老 組則老 粗七刀 殂在刀 徂在刀 租則刀 岨七於
丕 丕鋪非 邳鋪非 坯鋪回 歪烏乖
世 世當世 紲心別 泄心別
丘 丘英由 坵英由 岳岸學
丙 丙丙丨 炳丙丨 柄丙正 病鼻正
丞 丞時丁 拯丑丙
並 並鼻正

## 丨部

丨 丨見尹
丩 丩見由 叫見照 收當由 糾見九
丫 丫烏加
中 中之中 忠之中 中之動 沖丑中 沖丑中 仲丑中 衷丑中 仲杖動
串丑寸
丰 丰扶中
丱 丱見幻 聯求全 關見環

初學粵音切要 一

# 初學粵音切要　一

| 七前 TS' | 丁大 T- | 太同 T' | 心士 S- | 諸時 S' | 非扶 F- | 丙鼈 P- | 蔥礮 P' | 拈尼 N- | 拉来 L- | 乜明 M- |
|---|---|---|---|---|---|---|---|---|---|---|

香五棓○　加也亞○　華寡卦○　斜乃界○　乖拐怪○　西洗世○　威鬼位○　耶者夜○　非彼利○　希始至○　詞子士○　於語去○　須取序○　垂水稅○　哀宰代○　回每罪○　烏苦父○　刀老路○　何火個○　戈果過○　交卯教○　由九又○　夭小照○

## 丶部

**丶** 丶之諳

**丸** 丸喻个

**丹** 丹丁冷　旃之天　彤同中　坍太監

**主** 主之諳　柱長語　住杈去　注之去　炷之去　註之去　駐之去　往喻廣

## 丿部

**丿** 丿綵別

**乂** 乂岸界　刈岸界　艾岸界

**乃** 乃尼乃　鼐尼界　仍由丁　礽由丁　孕由艮

**久** 久見九　柩見乂　疚見乂　畝明九

**乇** 乇太學　托太學　託太學

**之** 之之希　芝之希

**乍** 乍杈亞　詐之亞　作則學　昨在學　怍在學　酢在學　柞在學　祚在路　胙在路　阼在路　蚱之則

**乎** 乎喻烏　呼非烏

**朿** 朿則子　姊則子　第則子

**乏** 乏扶八　泛非犯　貶丙典

**𠂢** 𠂢綵界　派綵界　脈明則

**乖** 乖見乖

**乘** 乘時丁　乘時正　剩時正

## 乙部

**乙** 乙烏乙　乜乜不

**九** 九見九　究見乂　鳩見由　仇其由　梵其由　宄見鬼　軌見鬼　旭可卜

**乞** 乞可不　齕下不　紇下不　訖見不　吃見不　迄岸不　屹岸不

**也** 也由也　池長希　馳長希　弛丑始　他太加　地大利　[illegible]太位

**[illegible]** 乜下希　陁阿何　拖太何

| 烏喻 | 英-由-Y | 可-下-H | 見-其-K | 啟-其-K' | ○-岸-NG | ○-肓-J | 之-杖-CH | 丑-長-TP' | 則-在-TS |
|---|---|---|---|---|---|---|---|---|---|

| 平上去入 | -ien | -an | -wan | -in | -wăn | -un | -un | -ün | -on | -im | -am | -ăm | -om | -ăng | -ang | -wang | -ing | -wing | -ung | -ong | -wong | -eung |
|---|---|---|---|---|---|---|---|---|---|---|---|---|---|---|---|---|---|---|---|---|---|---|
| | 天典見別 | 冷晚挑八 | 環幻挽刮 | 申忍艮不 | 君尹困骨 | 倫盾殿出 | 門本案末 | 全犬寸乙 | 干罕翰曷 | 廉點欠帖 | 監斬鑑甲 | 金審浸十 | 甘敢勘合 | 生等幸則 | 彭棒硬白 | 橫○○或 | 丁丙正碩 | 榮永詠○ | 中總動卜 | 當翔壯學 | 王廣旺國 | 章兩上約 |

## 亅部

**亅** 亅啟乙

**了** 了未小

**予** 予喻於 予喻語 好喻於 豫喻去 預喻去 紓齒於 舒齒於 杼長語 序在序

**事** 事士一

## 二部

**二** 二肓至

**于** 于喻於 吁可於 迂可於 竽喻於 盂喻於 宇喻語 汙烏華

**亏** 亏喻於 污烏一 圬烏一 杇烏一 虧非西

**云** 云喻君 魂喻君 紜喻君 芸喻君 耘喻君 雲喻君

**互** 互喻父

**五** 五喻五 伍喻五

**井** 井則丙 阱在正 穽在正 耕見生

**亘** 亘心今 垣喻門 桓喻門 恒下生

**亙** 亙見等

**亞** 亞烏亞 堊烏學 瘂烏也 啞烏也

**亟** 亟啟至 亟見息 殛見息 極其息

## 亠部

**亠** 亠大由

**亡** 亡明當 芒明當 汒明當 忘明當 忙明當 妄明非 望明非 肓明彭 氓明申 盲非當

**亢** 亢啟壯 抗啟壯 炕啟壯 杭下當 航下當 頏下當

**交** 交見交 郊見交 蛟見交 傚下教 効下教 效下教 校下教 校見教 較見教 狡見卯 絞見卯 皎見卯 骹岸卯 咬岸卯

**亥** 亥下代 孩下哀 吭下當 航見當 坑可彭 咳下哀 駭下哀 骸下哀 該見哀 垓見哀 欬啟不 刻可則 核下不

**亦** 亦由息 弈由息 奕由息 跡則息 迹則息

**㐬** 旒未由 流未由 琉未由 硫未由 旒未由 梳齒何

# 初學粵音切要



| 七前TS' | 丁大T- | 太同T' | 心上S- | 審時S' | 非扶F- | 丙並P- | 滂磐P' | 拈尼N- | 拉來L- | 乜明M- |
|---|---|---|---|---|---|---|---|---|---|---|

吾五悞○ 加也亞○ 華原卦○ 料乃界○ 乖夬怪○ 西啟世○ 居鬼位○ 卯考夜○ 非彼利○ 希始至○ 詞子士○ 於語去○ 須取序○ 垂水稅○ 衰宰代○ 岡做罷○ 烏苦父○ 刀老路○ 何火個○ 戈果過○ 交卯教○ 由九又○ 天小照○

疏審何 蔬審何 醯可希 諒來上

**亨** 亨可生 烹滂彭

**享** 享可兩 惇時倫 淳時倫 醇時倫 鶉時倫 諄之倫 椁見國 鞟見國

**京** 京見丁 鯨其丁 涼來章 掠來約

**亭** 亭同丁 停同丁 婷同丁

**亮** 亮來上 喨來上

**亶** 亶太晚 壇同殘 檀同殘 鼉之天 顫之天 擅時見

**亹** 亹明彼

## 人部

**人** 人由申

**仄** 仄之刚 昃之則

**仁** 仁由申

**今** 今見金 衾啟金 琴其金 昑其金 妗其淫 黔其廉 吟由金 矜見丁

**介** 介見界 界見界 芥見界 玠見界

**㐱** 㐱之申 珍之申 軫之忍 畛之忍 紾之忍 袗之忍 殄之忍 殄同典

**付** 付扶父 附扶父 駙扶父 祔扶父 拊非苦 弣非苦 苻扶烏 符扶烏

**代** 代大代 岱大代 玳大代 袋大代 黛大代 貸太界

**令** 令來正 令來丁 囹來丁 伶來丁 零來丁 鈴來丁 聆來丁 齡來丁 苓來丁 蛉來丁 翎來丁 羚來丁 軨來丁 領來丙 嶺來丙 泠來等 命明正

**以** 以喻始 苡喻始 似前子 姒前子

**件** 件共見

**任** 任由淫 任由金 賃由淫 荏由審 恁由審 凭並硬

**伊** 伊英希

**伏** 伏扶卜 茯扶卜

**伐** 伐扶八 栰扶八

**休** 休英由 庥英由 貅英由

**位** 位喻位 涖來利 蒞來利

**余** 余喻於 餘喻於 途同刀 塗同刀 荼同刀 除長於 徐前須 敘在序

**佘** 佘時耶 斜在耶

**佞** 佞尼正

**侃** 侃可罕

**來** 來來哀 萊來哀 賚來代 睞來代

**侖** 侖來倫 輪來倫 淪來倫 倫來倫 綸來倫 崙來倫 論來蓋

**侯** 侯下由 喉下由 猴下由 候下又

**便** 便並見 緶鄭天 鞭丙天

| 鳥喻 | 英由Y- | 可下H- | 見其K- | 敬其K'- | ()岸NG- | ○言- | 之以- | 仗-CH- | 丑長CH'- | 則在TS- |
|---|---|---|---|---|---|---|---|---|---|---|

| | |
|---|---|
| | 平上去入 |
| ...en | 天典見別 |
| ...n | 冷晚兜八 |
| ...wan | 環挽幻刮 |
| ...n | 中忍貝不 |
| ...ün | 村尹團骨 |
| ...n | 倫唇書出 |
| ...n | 門本半末 |
| ...n | 个犬丁乙 |
| ...n | 干字翰曷 |
| ...m | 喃黯欠帖 |
| ...m | 監斬鑑甲 |
| ...m | 金審浸卜 |
| ...m | 甘敢鴿合 |
| ...ng | 小等幸則 |
| ...ng | 彭猛硬白 |
| ...wang | 橫○○或 |
| ...ng | 丁丙正的 |
| ...ng | 榮永脉衣 |
| ...ng | 中總動卜 |
| ...ng | 嘗朔非學 |
| wong | 王廣旺國 |
| ...ng | 章兩上約 |

**乹** 乹見翰 翰下翰 乾其天 乾見干

**保** 保內老 堡內老 葆內老 褒內刀

**倉** 倉七當 蒼七當 瑲七當 瘡丑當 創丑莊

**傘** 傘心把

**僉** 僉七廉 簽七淹 憸七廉 斂未點 殮未點 歛未欠 臉未欠 瀲言欠 險可點 儉其欠 劍見欠 檢見點

## 儿部

**儿** 儿由中

**兀** 兀岸不 杌非悶 軏下乙

**允** 允喻尹 吮時犬

**元** 元言全 黿言全 阮言犬 冠見門 冠見半 頑喻環 玩喻半

**兄** 兄可丁 祝之卜 況非莊 貺非況 兕之又

**充** 充丑中 統太總

**兆** 兆杖照 晁長天 挑太天 窕大照 桃同刀 逃同刀 鼗同刀 咷同刀

**先** 先心天 洗心敬

**光** 光見王 恍見王 晃見干 觥見擋

**克** 克可則 兢見丁

**兌** 兌大罪 銳由稅 說心乙 稅當稅 悅同乙 梲之乙 悅下乙 閱下乙

**免** 免明典 勉明典 冕明典 浼明每 挽喻挽 輓喻挽 脕明晚 逸由不

**兒** 兒言希 唲言希 輗岸西 倪岸西 霓岸西 齯岸西 貌岸西 睨岸敬 鬩枯益

**兔** 兔太路

**垗** 垗丁由

## 入部

**入** 入由十

**內** 內尼代 蜹由稅 納尼甲 訥尼出

**全** 全前全 拴前全 痊前全 筌前全

**兩** 兩未兩 俩未兩 輛未兩

**俞**

初學粵音切要

吾ん惡〇 加也嗟〇 華寡卦〇 犁乃界〇 乖拐怪〇 西洗世〇 馬鬼信〇 咀者佐〇 非彼利〇 希始至〇 孜子主〇 於語去〇 編眼序〇 垂水稅〇 哀海代〇 開海罪〇 烏苦炎〇 丁老路〇 何火個〇 戈果過〇 交卯教〇 由九又〇 夭小照〇

兪喻於 揄喻於 偸喻於 逾喻於 渝喻於 瑜喻於 揄喻於
諭喻於 喩喻去 愈喻去 諭喻去 輸霜於 偸太由

## 八部

八八丙八 公公見中 蚣見中 頌前動 訟前動 六六未卜 兮兮下西 盻下世 共共動 共見中 恭見中 供見中

䳟見中 烘下中 洪下中 哄下動 鬨下動 栱見迥 兵兵丙丁 其其希 淇其希 旗其希 棋其希 祺其希 麒其希 期其希 期見希 基見希 箕見希 欺可希

具具其去 颶其去 俱見於 典典丁典 腆丁典 兼兼見麻 謙可嫌 嫌下嫌 慊可帖 歉可帖 賺叔鑑

## 冂部

冂冂見永 冉冉言點 苒言點 再再則代 冊冊丑白 柵丑白 珊寄 姍寄 冏冏見永 炯見永 扃見癸 扃見永 冒

冓冓見又 構見又 購見又 遘見又 溝見由 講見那

冒冒明路 媢明路 帽明路 勖可卜

## 冖部

冖冖門足 冘冘由金 沈枕金 忱時金 煁時金 枕之甜 耽丁監 眈丁監 酖丁監 冢冢丑總 塚丑總 冥冥明丁 暝明丁 螟明丁 溟明丁

# 初學粵音切要

烏喻 ｜ 英由 Y- ｜ 可下 H- ｜ 見几 K- ｜ 改其 K'- ｜ 〇岸 Ng- ｜ 〇言 J- ｜ 之仗 CH- ｜ 丑長 CH'- ｜ 則作 Ts-

| | 平上去入 |
|---|---|
| -een | 天典見別 |
| -an | 省晚兆八 |
| -wan | 環擐幻刮 |
| -an | 中忍艮不 |
| -wan | 君尹囷骨 |
| -un | 倫卵論出 |
| -oon | 門本半末 |
| -ün | 令夫寸乙 |
| -on | 干罕翰葛 |
| -eem | 添點欠帖 |
| -am | 監斬鑑甲 |
| -um | 金湛浸十 |
| -om | 甘敢勘合 |
| -ang | 生等杏則 |
| -ang | 彭猛硬白 |
| -wang | 橫〇〇或 |
| -ing | 丁丙正碩 |
| -wing | 榮永咏㷀 |
| -ung | 中總動卜 |
| -ong | 常搶壯學 |
| -wong | 王廣旺國 |
| -ung | 章兩上約 |

## 冫部

**冫** 冫丙丁 冰丙丁

**冬** 冬丁中 鼕之巾 終之中 疼同生

## 几部

**几** 几烏始 肌見希 飢見希

**凡** 凡扶浛 汎非犯 帆扶浛 梵扶犯

**処** 處丑去 處丑詁

## 凵部

**凵** 凵可敢

**凶** 凶可中 兇可中 酗英去

**凷** 凷非界 屆見界

**凸** 凸同不

**凹** 凹尼十 兕前子

**出** 出丑出 茁之八 拙之乙 咄之乙 黜之出

**函** 函下監 涵下監

## 刀部

**刀** 刀丁刀 叨太刀 初丑何 剪之天

**刁** 刁丁天

**刃** 刃由艮 仞由艮 牣由艮

**分** 分非中 分扶艮 紛非中 氛非中 芬非中 忿扶忍 [illegible]扶忍 吩扶忍 汾扶中 貧婆申 粉非忍 頒丙谷 盼聶犯 扮擘犯 盆盤門

**切** 切七別 切七世

**㓞** 㓞烏八 挈啟別 䂮烏八 齧岸別

**刕** 刕来西 荔来世

# 粵音切要

| 七前TS' | 丁大T- | 太同T' | 心士S- | 審時S' | 非扶F- | 丙並P- | 篇磐P' | 拈尼N- | 拉耒L- | 乜明M- |
|---|---|---|---|---|---|---|---|---|---|---|

吾五悟○ 加也亞○ 华森卦○ 鞋乃界○ 乖夬怪○ 西啟世○ 爲鬼位○ 耶者夜○ 非彼利○ 希始圭○ 詞子士○ 於許去○ 須取序○ 垂水稅○ 哀宰代○ 囘每罪○ 烏苦父○ 刀老路○ 何火個○ 戈果過○ 交卯教○ 由九又○ 天小照○

**列** 列未別 烈未別 裂未別 冽未別 例未世

**別** 別鱉別 別丙別 捌丙八 叭丙八

**利** 利未利 痢未利 唎未利 俐未利 梨未非

**到** 到丁路 倒丁老

**刑** 刑由丁 型由丁 荆見丁

**制** 制之世 掣之世 製之世

**刷** 刷審八

**剎** 剎丑八

**則** 則則一 惻丑則 側丑則 測丑則 則七士

**刺** 刺未八 喇未八 㓩未八

**前** 前前天 煎則天 箭則見 𦿞則典 剪則典

## 力部

**力** 力未息 勒未則 肋拉則 劣拉乙 飭見申 筋見申

**加** 加見加 迦見加 笳見加 嘉見加 枷見加 伽共耶 茄共耶 架見亞 駕見亞 賀下個

**劦** 劦可帖 協可帖

**助** 助杖個 耡杖個 鋤長何 筯杖去

**勞** 勞未刀 嫪未刀 橯未交

## 勹部

**勹** 勹丙交

**勺** 勺之約 灼之約 杓之約 酌之約 約英約 的丁息 的丁照 釣丁照 豹篇教

**匀** 匀喻君 均見君 鈞見君

**勿** 勿明不 物明不 芴非不 吻明忽 刎明忽 昒明忽

**包** 包丙交 苞丙交 胞丙交 泡篇教 炮篇教 砲篇教 跑篇教 飽丙卯 抱磐老 鮑磐老 庖磐交 匏磐交 袍磐刀 雹[illegible]學

**匈** 匈可中 胸可中 洶可中

**匊** 匊見卜 菊見卜 掬見卜 鞠見卜 麴見卜

**匋** 匋同刀 淘同刀 陶同刀 萄同刀

四

香港·澳門雙城成長經典

# 初學粵音切要

| 烏喻 | 平上去入 |
|---|---|
| -een | 天典見別 |
| 英由Y- -an | 汽晚犯八 |
| -wan | 環挽幻刮 |
| 可下H- -an | 申忍艮不 |
| -wan | 君尹閏骨 |
| 見其K- -un | 倫屁盡出 |
| -oon | 門本半末 |
| -ün | 个犬寸乙 |
| 微其K'- -on | 干竿翰曷 |
| -eem | 廉點欠帖 |
| -am | 監斬鑑甲 |
| ○岸NG- -am | 金凜浸十 |
| -om | 甘敢勘合 |
| ○言J- -ang | 生等孝則 |
| -ang | 彭棒硬白 |
| 之仗CH- -wang | 橫○○或 |
| -ing | 丁丙正碩 |
| -wing | 榮永咏斧 |
| 丑長CH'- -ung | 中總動卜 |
| -ong | 常綁壯學 |
| 則作TS- -wong | 王廣旺國 |
| -ong | 章兩上約 |

## 匕部

**匕** 匕內彼 叱篇彼 吡非頭 北內則 背內罪 揩督罪 牝督忍

**化** 化非卓 花非加 貨非個 𠹭岸何 訛岸何 靴可於○與虛小別

**𠤏** 𠤏內老

## 匚部

**匚** 匚非當

**匝** 匝則甲

**匡** 匡可當 筐可當 劻可當 眶可當

**匧** 匧下甲 篋下甲

**匪** 匪喻罪

## 匸部

**匸** 匸下敬

**匹** 匹篇不

**匽** 匽英典 偃英典 揠烏八

**匿** 匿拈忌 慝拈忌

**區** 區烏由 漚敬於 嶇敬於 軀敬於 驅敬於 樞丑於 歐烏由 謳烏由 甌烏由 毆烏九 傴英語 摳敬由

## 十部

**十** 十時十 什時十 汁之十 針之金 計見世 叶可帖

**卂** 卂心盡 訊心盡 迅心盡 汛心盡

**千** 千七天 仟七天 阡七天 芊七天 刊七見

**升** 升常丁 昇常丁 陞常丁

**午** 午喻五 迕喻悟 忤喻悟 杵長語 許可語 滸烏苦

**卉** 卉喻鬼

**半** 半內半 絆篇半 判篇半 泮篇半 胖篇半 泮篇半

# 粵音切要

七前TS' 丁大T- 太同T' 心士S- 嗇時S' 非扶F- 丙並P- 篇磐P' 枯尼N- 拉未L- 乜明M-

-ng 吾五悟○
-a 加也亞○
-wa 華寡卦○
-ai 鞋乃界○
-wai 乖夬怪○
-y 西啟世○
-wy 爲鬼位○
-ia 耶者夜○
-ey 非彼利○
-e 希始至○
-ze 詞子士○
-ü 於語去○
-üy 須取序○
-oey 垂水稅○
-oi 哀宰代○
-ooey 回每罪○
-oo 烏苦父○
-o 刀老路○
-o 何火個○
-wo 戈果過○
-aou 交卯教○
-ow 由九又○
-ew 夭小照○

件並半叛並半
畔並半
猝七乙
碎心邪

**卑** 卑丙非碑丙非俾丙彼庳丙彼婢磐彼
裨磐非髀磐非鞞磐非牌磐非稗並世

**卒** 卒則出誶士稅捽士倅
萃士稅醉則稅翠七稅

**卓** 卓丑約綽丑約桌丑約淖尼教棹之教
罩之教踔之教悼大路戟見忌倬大照

**南** 南尼監

## 卜部

**卜** 卜丙卜朴篇學赴非父
仆非父訃非父卡在甲

**卞** 卞並見
忭並見

**占** 占之廉沾之廉苫之廉黏之廉佔之廉
帖太帖貼太帖店丁欠玷丁欠點丁點

站之陷
拈枯廉

**卣** 卣由九

**卦** 卦見掛掛見掛
褂見掛

## 卩部

**卩** 卩則別印英艮
犯扶犯範扶犯

**卭** 卭岸當昂岸當仰言兩
柳英忌迎由丁迎由占

**卯** 卯明卯貿明又劉未由瀏未由
柳未九聊未夭卵拉盾

**危** 危岸西桅喻爲詭見鬼
跪共位脆七稅

**却** 却啟約
脚見約

**卷** 卷見犬捲見犬
倦共寸圈可全

**卸** 卸心夜

**卽**

卽則忌唧則忌
櫛則別

## 厂部

五

烏喻 | 英由-Y | 可下-H | 見其-K | 啟其-K' | 〇岸-NG | 〇言-J | 之奴-CH | 兀-CH' | 則-TS | 作-TS'

| | 平上去入 |
|---|---|
| -een | 天典見別 |
| -an | 衎晚犯八 |
| -wan | 環挽幻刮 |
| -an | 申忍艮不 |
| -wün | 君尹困骨 |
| -ün | 倫盾遜出 |
| -un | 門本半末 |
| -ün | 个犬寸乙 |
| -on | 干罕翰曷 |
| -em | 廉點欠帖 |
| -am | 監斬鑑甲 |
| -om | 金審沁十 |
| -um | 甘敢勘合 |
| -ang | 生等寺則 |
| -ang | 彭棒硬白 |
| -wang | 橫〇〇或 |
| -ing | 丁內正碩 |
| -wing | 榮永咏域 |
| -ung | 中總動卜 |
| -ong | 當綁北學 |
| -wong | 王廣旺國 |
| -ong | 章兩上約 |

厂 厂可輪

厄 厄烏則 呃烏則 扼烏則 阨烏則 軛烏則

厓 厓岸鞋 崖岸鞋 涯岸鞋 睚岸鞋 捱岸鞋

厚 厚下又

原 原言全 嫄言全 源言全 願言寸 愿言寸

𠩺 𠩺未非 嫠未非 氂未非

厤 厤未息 曆未息

厥 厥啟乙 撅啟乙 蹶共位

厭 厭英欠 饜英欠 壓烏八

厲 厲未世 勵未世 糲未世 礪未世 蠣未世

# 厶部

厶 厶心詞 私心詞 畝明九

厷 厷見橫 肱見橫 閎喻橫 宏喻橫 紘喻橫 雄下巾

去 去可去 弆可語 袪啟於 法非八 呿非八 怯可帖 刼見帖 丟丁天

參 參七監 驂七監 摻七監 慘七斬 滲審沁

# 又部

又 又由又 友由九 馭言去

叉 叉丑加

及 及共甲 笈啟十 吸啟十 伋啟十 岌啟十 汲啟十 級啟十 极啟十

𠬛 𠬛明末 沒明末 殁明末

𠬝 𠬝扶卜 報丙路 赧拈晚

反 反非晚 返非晚 皈丙晚 版丙晚 板丙晚 昄丙晚 販非犯 飯扶犯

叏 叏太刀

叒 叒言約

𠬶 𠬶〇〇 駸七金 梫七審 浸七浸

叔 叔審卜 督丁卜 淑時卜 菽時卜 寂在息 踧大息

叕 叕之乙 啜之乙 畷之乙 惙之乙 輟之乙 掇之乙

七 前TS' 了TS' 大T 太T' 同T 心T 上S 當 時S' 非F 扶F 丙 並P 絲P' 皆P' 尼N 拉L 未L 巨 明M

吾方悟〇 加也亞〇 華寡掛〇 村乃界〇 乖夬怪〇 西敬世〇 爲鬼位〇 仰者夜〇 非彼利〇 希始寄〇 詞子士〇 於請去〇 須取序〇 垂水稅〇 哀宰代〇 回毎罪〇 烏苦交〇 刀老路〇 何火個〇 戈果過〇 交卯教〇 由九又〇 天小照〇

**取** 取七取 趣七序 娶七序 諏則由

**受** 受時又 授時又 綬時又

**叚** 叚下加 遐下加 瑕下加 蝦下加 蝦可加 嘏可加 豭見加 瘕下亞 煆可亞 假見也 椵見也 椵見者

**叟** 叟心九 叜心九 搜心九 瞍心九 溲心九 廋心由 瘦心又 嫂心老

**叢** 叢前中 樷七動

## 口部

**口** 口可九 扣敬又 叩敬又

**古** 古見苦 估見苦 罟見苦 牯見苦 岵見苦 詁見苦 呫見苦 姑見烏 沽見烏 辜見烏 枯非烏 苦非苦 故見交 怙喻交 祜喻交 做則路

**句** 句見去 鴝其於 劬其於 朐烏去 枸敬於 駒敬於 佝見由 鉤見由 佝見九 耇見九 枸見九 狗見九

**另** 另未止

**叧** 另見寡 枴見夬 拐見夬 㧉見夬

**只** 只之始 枳之始 咫之始

**召** 召杖照 紹時照 照之照 詔之照 炤之照 髫同夭 韶時夭 招之夭 貂丁夭 迢丑夭 超丑夭 沼之小

**㕣** 㕣喻犬 鉛喻全 沿喻全 船時全

**可** 可可火 坷可火 何下何 河下何 荷下何 苛下個 呵可何 苛可何 柯烏何 軻烏何 痾烏何 珂烏何

**台** 台太哀 胎太哀 抬同哀 苔同哀 迨同亥 殆同亥 紿同亥 怠大個 台由希 貽由希 飴由希 怡由希 冶杖圭 治長希 笞丑希 始丑始 冶由者 枲心啟

**右** 右由又 佑由又 祐由又

**叵** 叵葩火

**号** 号下路 號下路 號下刀 饕太刀 枵可夭

**司** 司心詞 祠前詞 詞前詞 伺在士 飼在士 笥在士 嗣在士 呞衛希

**各** 各見學 閣見學 擱見學 貉敬學 恪敬學 洛拉學 絡拉學 烙拉學 駱拉學 咯拉學 落未學 畧未約 略未約 格見則 賂未路 輅未路

**合** 合下合 盒下合 峇下合 鴿見合 蛤見合 龕可甘 袷見甲 洽下甲 哈下甲 荅丁甲 恰可十 給敬十

初學粵音切要

烏喻｜英由Y-｜可下H-｜見其K-｜改其K'-｜岸NG-｜之吉｜枝CH-｜且長CH'-｜則在TS-

| | 平 | 上 | 去 | 入 |
|---|---|---|---|---|
| -een | 天 | 典 | 見 | 別 |
| -an | 餐 | 晚 | 犯 | 八 |
| -üan | 環 | 撰 | 幻 | 刮 |
| -ün | 中 | 忍 | 長 | 不 |
| -üan | 什 | 尹 | 困 | 竹 |
| -un | 倫 | 屯 | 盈 | 出 |
| -oon | 門 | 本 | 才 | 末 |
| -un | 今 | 夫 | 才 | 乙 |
| -on | 干 | 竿 | 翰 | 曷 |
| -eem | 兼 | 點 | 欠 | 帖 |
| -am | 監 | 斬 | 鑑 | 甲 |
| -um | 金 | 枕 | 浸 | 十 |
| -om | 甘 | 敢 | 勘 | 合 |
| -ang | 生 | 等 | 杏 | 則 |
| -ang | 彭 | 棒 | 硬 | 白 |
| -wang | 橫 | ○ | ○ | 或 |
| -ing | 丁 | 丙 | 正 | 碩 |
| -ong | 桑 | 爽 | 喪 | 索 |
| -ung | 中 | 總 | 動 | 卜 |
| -ong | 當 | 辨 | 壯 | 學 |
| -wong | 王 | 廣 | 旺 | 國 |
| -oong | 童 | 兩 | 上 | 約 |

恰時十 吉 吉見不 桔見不 咭見不 佶見不 同 同同中 桐同中 銅同中 筒同中 名
拿尼帕 桔見不 頡斅別 詰斅別 結見別 峒同中 侗同中 洞大動
名明丁 銘明丙 后 后下又 逅下又 姤見又 史 史心子 駛心子 使心子 向 向可上
茗明丙 酩明丙 詬見九 垢見九 使心上 吏未利 餉可兩
君 君見君 羣共君 裙共君 吞 吞太中 否 否非九 含 含下甘 星 呈長丁
郡共國 窘斅國 頷下敢 程長丁
酲長丁 裎長丁 呈長丁 吳 吳喻吾 蜈喻吾 悞喻悟 吾 吾喻吾 梧喻吾 鼯喻吾 悟喻悟
埕長丁 逞丑丙 郢丑丙 誤喻悟 虞喻於 娛喻於 唔喻悟 寤喻悟 衙岸加 圄言語
語言語 告 告見路 告見卜 鵠見卜 梏見卜 詁見路 呂 呂未取 侶未取 閭未須 周
語言去 靠可路 浩下路 晧下路 皓下卜 莒見語 宮見中
周之由 週之由 賙之由 惆長由 稠長由 綢長由 咅 咅篇九 剖篇九 倍盤回 培盤回
啁之交 淍丁天 雕丁天 彫丁天 調同天 調大照 賠盤回 陪盤回 醅篇回 焙
嚳鶴鳥 咎 咎見又 晷見鬼 咠 咠七十 緝七十 戢七十 咢 咢岸學 愕岸學 諤岸學
部 鼛見刀 楫七十 檝英十 楫則帖 噩岸學 崿岸學 鄂岸學
嘐岸學 咸 咸下監 鹹下監 緘見監 咼 咼烏戈 媧烏戈 鍋古戈 品 品篇怎 臨未金
減見斬 喊可監 箴之金 喎烏戈 禍喻過 品岸臨
員 員喻全 圓喻全 損心大 殞喻尹 哥 哥見何 哿見何 哭 哭可卜 唐 唐同當
隕喻尹 唄喻君 韻喻韻 勛非申 歌見何 塘同當
檔同當 商 商書息 啇 啇丁息 嫡丁息 滴丁息 鏑丁息 啚 啚篇彼 鄙篇彼 善
搪同當 謫書息 敵大息 適書息 摘枝則 讁枝則 圖同刀

# 初學粵音切要　一

七前TS' 丁大T 太同T' 心上S 審時S' 非扶F 內迺P 篩薯P' 伯尼N 怙來L 巴明M

君九恰〇 婦也頸〇 華袪卦〇 斟乃界〇 乖丸怪〇 西微世〇 爲鬼位〇 耶秦夜〇 非彼利〇 希始至〇 詞子主〇 於語去〇 須取序〇 垂水稅〇 衰宰代〇 回每罪〇 烏苦父〇 刀老路〇 何火個〇 戈果過〇 交卯教〇 由九又〇 夭小照〇

善時見 繕時見 膳時見 鷮其夭 轎其夭 驕見夭 嬌見大 嬌見小 譟七路 躁七路 噪七路 懆七路 藻則老 澡則老 燥七刀 臊心刀

**喜** 喜可始 嬉可希 僖可希 譆可希 嘻可希 禧可希

**喪** 喪心當 喪心非

**㗊** 㗊之十

**喬** 喬其夭 橋其夭

**單** 單丁[illegible] 禪時天 簞丁 蟬時天 殫丁 嬋時大 癉丁 闡之典 彈同 戰之見 憚人犯 鼉同何

**喿** 喿心路 燥心路

**嗇** 嗇審色 墻前章 穡審色 檣前章 牆前章 嬙前章

**嚚** 嚚丑下 獸審又

**器** 器可至

**噩** 噩岸學 鱷岸學

**嚴** 嚴言? 玁可? 儼言? 巖岸監

**囂** 囂可夭

**囊** 囊尼當

# 口部

**口** 口喻爲

囟心盡

**囚** 囚前由 泅前由

**四** 四心士 駟心士 泗心士

**回** 回喻回 廻喻回 洄喻回 徊喻回 茴喻回

**因** 因英申 氤英申 茵英申 烟英天 姻英申 咽英別 裀英申

**困** 困敬國 梱敬尹 綑敬尹 稇敬尹 閫敬尹 捆敬尹

**囷** 囷敬君 稛敬囷

**固** 固見父 個見個 錮見父 涸敬學 痼見父

**圂** 圂喻國

**國** 國見國 幗見國

# 土部

**土** 土太老 杜大路 肚同老 灶則路 吐太路 牡明九

**圣** 圣敬骨 怪見怪

**圭** 圭見爲 畦其爲 奎見爲 恚喻位 閨見爲 桂見位 封見爲 街見鞋 邦見爲 佳見鞋

烏喻　英由-Y-　可下-H-　見其-K-　啟其-K'-　○岸-NG-　○言-J-　之杖-CH-　丑長-CH'-　則作-TS-

平上去入
-an 天典見別
-ai 冷曉兆八
-wan 環挽幻刮
-an 申忍艮不
-wan 君尹困掛
-un 倫偺盡出
-en 門本半末
-iu 介犬寸乙
-in 丁等翰島
-wim 淹點欠帖
-am 監斬鑑甲
-um 金嬸浸十
-om 甘敢勘合
-ang 生等杏則
-ang 彭棒硬白
-wang 横○○或
-ing 丁丙正碧
-wing 榮永詠素
-ung 中總動卜
-ong 當拼壯學
-wong 王廣旺國
-eong 章兩上約

鞋下斜　䩗見卦　詿見卦
娃烏蛙　哇烏蛙　蛙烏蛙
睦明卜
遾其房
**垂**
垂時垂　陲時垂　箠時垂　錘長垂
唾時稅　極之水　唾同個　郵由
執岸世　埶岸世　勢岸世
爇言別　爇言別　爇心別
堯言天　嶢言天　饒言天　僥言天　嬈言天　翹其天　燒當天
澆見天　繞言小　遶言小　曉可小　僥可小　磽可交　撓尼交　撓尼卯

**坐**
坐在個　座在個　剉則個
挫則個　夎則個　夎則個

**坒**
坒並世　陛並世
狴並世

**奎**
奎去卜
陸去卜

**皇**
皇尼帖
揑尼帖

**亜**
亜英中　氭英中
湮英中　煙英天

**執**
執之十　縶之十　縶杖不　贄之至
摯之至　鷙之至　縶厂欠

**堂**
堂同當
膛太當

**堯**

# 士部

**士**
士土丨　吐土丨
仕上丨

**壬**
壬由金　妊由審
飪由審　衽由審

**壯**
壯之壯　莊之當
裝之當

**壹**
壹英不　噎英別
饐英季　懿英至

**壺**
壺喻烏

**壼**
壼啟尹

**壽**
壽時又　儔長由　幬長由　疇長由　禱長由
濤同刀　擣太老　幬太老　幬太老　鑄之去

# 夊部

**夊**
夊之希

**夆**
夆見壯　降見壯
降下當　絳見壯

**夅**
夆扶中　峰非中　烽非中
鋒非中　蜂非中

**夌**
夌來丁　陵來丁　淩來丁
綾來丁　菱來丁

夋心倫　竣心倫　逡心倫　畯則盡　峻則盡　浚則盡　俊則盡
駿則盡　餕則盡　俊心全　酸心全　梭心何　唆心何

**复**

# 夂部

**夂**
夂當垂

**㚇**

# 初學粵音切要 八

七前Ts' | 丁大T- | 太同T' | 心士S- | 審時S' | 非扶F- | 丙誰P- | 篇簿P' | 拈尼N- | 拉來L- | 乜明M-

吾五悞○ 加也亞○ 革寡挂○ 牲乃界○ 乖共怪○ 西致世○ 爲鬼位○ 那爹夜○ 非被利○ 希始至○ 嗣子士○ 於語去○ 須取序○ 垂水稅○ 哀改代○ 回每罪○ 烏苦父○ 刀老路○ 何火個○ 戈果過○ 交卯教○ 由九又○ 天小點○

复扶卜 腹非卜 複非卜 輹非卜 馥非卜 蝮非卜 愎爲乜
㚇 㚇則中 騣則中
夏 夏下亞 厦下亞
夐 夐共丁 瓊共丁
夒 夒足爻

## 夕部

夕 夕在足
外 外岸代
夗 夗烏犬 苑烏犬 鴛烏仝 怨烏ナ 盌烏本
夙 夙心卜
多 多丁何 侈丑始
哆丑始 移由希 爹丁耶
夜 夜由夜 液由益
夢 夢明動 懵乜中

## 大部

大 大太界 太太界 泰太界 汰太界
天 天太大
夫 夫非烏 扶扶烏 鈇非烏 扶扶烏 芙扶烏
夬 夬見丸 決啟乙 決啟乙 駃啟乙
訣啟乙 玦啟乙 缺可乙 抉烏乙 袂明世 快非界
夭 夭英夭 妖英夭 殀英夭 笑心照 沃英卜 飫烏去
央 央英章 殃英章 泱英章 秧英章 鴦英章 鞅英兩 映英丙
盎烏非
介 介見老 界岸路
失 失審不 佚由不 泆由不 帙大別 秩大別 迭大別 軼大別 跌丁別
夷 夷由希 姨由希 痍由希 荑同西
关
关古作关上寸切 朕杖凌 送心動
奔 奔○○ 券可才 豢喻幻 拳共仝 眷見寸
，
夸 夸啟華 誇啟華 跨啟卦 袴非父 刳非烏 洿烏一
夾 夾見甲 筴見甲 英見甲 頰見甲 梜見甲 狹下甲 峽下甲 俠下甲 浹則帖 挾可帖 陜鍇點 㙉烏世
奄 奄英廉 淹英廉 閹英廉 俺英廉 醃英廉 掩英點 庵烏甘 菴烏甘 鵪烏甘
奇

# 初學粵音切要 七

| 則在 TS- | 丑長 CH'- | 之杖 CH- | ○言 J- | ○岸 NG- | 敬共 K'- | 見共 K- | 可下 H- | 英由 Y- | 烏喻 |
|---|---|---|---|---|---|---|---|---|---|

| | 平上去入 |
|---|---|
| -oon | 天典見別 |
| -an | 冷晚犯八 |
| -wan | 環挽幻刮 |
| -ăn | 申忍民不 |
| -wăn | 君尹困… |
| -un | 倫店遣出 |
| -oon | 門本半末 |
| -üen | 全犬寸乙 |
| -on | 干竿輸葛 |
| -eem | 兼點欠帖 |
| -am | 監斬鑑甲 |
| -um | 金審浸十 |
| -om | 甘敢勘合 |
| -ăng | 生等幸則 |
| -ang | 彭棒硬白 |
| -wang | 橫○○或 |
| -ing | 丁丙正碌 |
| -wing | 榮永咏克 |
| -ung | 中總動卜 |
| -ong | 當翔壯學 |
| -wong | 王廣旺國 |
| -oong | 章兩上約 |

奇其希 奇見希 騎其希 琦其希 崎敬希 倚英始 椅英始 綺英始 掎見始 寄見至

**奈** 奈尼代

**奉** 奉扶動 俸非縱 棒非縱 捧非縱

**奏** 奏則又 湊七又

**奐** 奐喻半 換喻半 渙喻半 煥喻半 瘓喻半 喚非半

**契** 契敬世 楔心別

**奔** 奔丙申

**奓** 奓丑加

**套** 套太路

**奚** 奚下西 傒下西 蹊敬西 谿敬西 溪敬西 鷄見西 雞見西

**奞** 奞心 獝扶忍 奪大乙

**奠** 奠大見

**奢** 奢丑車

**奥** 奥烏路 懊烏老 澳烏路 燠英卜

**奩** 奩求廉

**奭** 奭[illegible]

**奰** 奰[illegible]

## 女部

**女** 女尼取 女言語 汝言語

**奴** 奴尼刀 孥尼刀 駑尼刀 伮尼刀 帑尼刀 努尼老 弩尼老 怒尼路

**好** 好可老 好可路

**如** 如言於 茹言去

恕審去 絮士取

**妥** 妥同火 挼尼何 餒求雖 綏審垂 荽審垂

**妻** 妻七西 淒七西 悽七西 棲七西

**妾** 妾七帖 接則帖

**委** 委烏鬼 萎烏鬼

諉烏鬼 矮烏駭 倭烏戈 巍岸西 魏岸世

**姦** 姦見姦

**威** 威烏威

**婁** 婁求由 樓求由 僂求由 摟求由 髏求由 鏤求又 縷求序 屢求取

屨其[illegible] 窶其[illegible]

**嬰** 嬰英丁 櫻英丁 纓英丁 鸚英丁 嬰英丁 嚶烏生

## 子部

# 初學粵音切要



| 七 TS' 前 | 丁 T 大 | 太 T' 同 | 心 S 士 | 審 S' 時 | 非 F 扶 | 西 P 並 | 滂 P' 婆 | 拈 N 尼 | 拉 L 来 | 乜 M 明 |
|---|---|---|---|---|---|---|---|---|---|---|

| | |
|---|---|
| 'ng | 吾五悟○ |
| -i[r] | 加也亞○ |
| -wa | 華畫掛○ |
| -ai | 鞋乃界○ |
| -wai | 乖夬怪○ |
| -y | 西啟世○ |
| -wy | 爲鬼位○ |
| -ia | 耶者夜○ |
| -ey | 非彼利○ |
| -e | 希始至○ |
| -zu | 詞子士○ |
| -ü | 於語去○ |
| -üy | 須取序○ |
| -oey | 垂水稅○ |
| -oy | 哀宰代○ |
| -ooy | 回每罪○ |
| -u | 烏苦父○ |
| -oo | 刀老路○ |
| -o[r] | 何火個○ |
| -wo | 戈果過○ |
| -ao | 交卯教○ |
| -ow | 由九又○ |
| -iu | 夭小照○ |

子 孖則子 耔則子 仔則子 字在士 孜則詞 孖也加
孑 孑敬別
孔 孔可總 吼可九
存 存前全 栫則見 洊則見
孚 孚非烏 俘非烏 桴非烏 郛非烏 浮扶由 乳言語 孖蟹小
孛 孛並末 勃並末 悖丙罪 悖並末
孝 孝可教 哮可交 酵見教 教見教
孟 孟明孟 猛明等

季 季見位 悸見位
孥 孥共丁
孫 孫心全 遜心叠
孰 孰時卜 塾時卜 熟時卜
孱 孱時竹 潺時竹

## 宀部

宀 宀明天
宁 宁長爵 竚長爵 佇長爵 貯長爵 苧長爵
宂 宂由總
它 它同何 佗同何 沱同何 陀同何 鮀同何 駝同何
拕太何 舵同火 蛇時耶
宅 宅杖白 咤丑亞 詫丑亞
守 守審九
安 安烏干 鞍烏干 桉烏翰 案烏翰 晏烏犯 宴英見
宋 宋心動
完 完喻全 院喻寸 莞見本 皖見本 浣烏本
宓 宓明不 密明不 蜜明不
宕 宕大非
宗 宗則中 綜則中 踪則中 椶則中 崇士中
官 官見門 棺見門 管見本 館見本 逭見本 琯見本
定 定大正 錠大正 綻杖犯 靛大見
宛 宛烏犬 婉烏犬 埦烏犬 腕烏本 碗烏本 椀烏本
宜 宜宜希 誼宜至
客 客可白 額岸白
宣 宣心全 喧可全 暄可全 萱可全 諠可全
宦 宦喻幻
宰 宰則宰 滓則子
寒 𡨚拉亞 蹇見典 騫可天 搴可天 褰可天 寒下干 塞心則 寨权界 賽丑代 塞丑代
害 害下代 轄下不 瞎下不 豁見末 割見曷
家

烏喻英由丫可下甲見其以故其以屮岸○之誓以之杖甲九大中甲則在下

平上去入
天典見刷
冷晚犯八
環挽幻刮
申忍艮不
君尹困骨
綸盾盾出
門木十末
今夫手乙
丁字跨乩
商點欠帖
監艦艦甲
金錦浸十
日敢四合
生等喜則
彭棒硬百
橫○○或
丁丙正噫
榮永咏泉
中昶勒卜
當鎟壯學
王枉旺國
章雨上約

家見加 嫁見頭 容容由中 蓉由中 鎔由中 榕由中 宿宿心卜 宿心又 縮心卜 寃寃烏全 寅寅由中 蟥由中
稼見啞 演英典 寇蔻敵又 滱敵又 寡寡見娶 寧寧尼丁 嚀尼丁 濘尼正 甯尼正 審瀋沁 嬸沁 寫寫心者 瀉心夜
寬寬非門 寶寶內老

## 寸部

寸寸七寸 忖七大 村七全 酎杖叉 寺寺在上 詩當希 恃長希 持杖至 恃時始 峙杖始
紂杖叉 肘之九 討大老 時杖始 侍非至 待大則 等丁等 待大代
寽寽未出 埒拉乙 导导岸代 碍岸代 封封非中 葑非內當 專專之全 磚之全 轉之全
鋝見敦 得丁則 傳長全 傳長十 團同全
博同各 轉之大 射射非夜 射由忠 射時忠 將將則意 將則一 鏘七章 漿則章
特之大 躲非夜 謝在夜 槳則兩 蔣則兩 獎則兩 蔣則上
專引全 博內各 傳扶文 傳扶文 縛扶學 尉尉烏位 慰烏位 尊尊則全 蹲前全 樽則大
博內學 膊內學 薄扶學 尊則全 樽則全 遵則倫
尋前全 尌尌時去 樹時去 對對丁罪 懟大罪
淨前全 樹時去

## 小部

# 衣粵與音切要

七 前 TS' T 大 T- 大 同 T' 心 上 S- 8 滑 時 S' 日 扶 F- 丙 旃 P- 鉆 器 P' 括 尾 N- 拉 末 ~ 中 乜 明 M-

在九悽○ 如也啞○ 平寡卦○ 乾乃界○ 平丸怪○ 西改世○ 爲鬼佔○ 那吝夜○ 非彼利○ 希始爭○ 河子上○ 於詩去○ 須取序○ 垂水稅○ 哀宰代○ 岡姊雅○ 烏若交○ 刀老路○ 何火個○ 戈果過○ 交卯教○ 由九又○ 天小照○

小 小心小

少 少諸小 少諸照 妙明照 玅明照 杪明小 眇明小 秒明小 抄丑交 鈔丑交 炒丑卯 砂諸加 紗諸加

尒 尒宜始 趦七貝 你尼始

尖 尖則奄

尙 尙時上 裳時章 嘗時宮 常之兩 棠同當 倘太郷

尞 尞見尞 隙見尞

尞 尞末天 僚末天 嘹末天 獠末天 燎末天 撩末天

遼末天 嘹末小 僚末小 潦末路

丁

## 尢部

尢 尢烏王

尤 尤由丨

尥 地末乜 拋蒲交

尨 尨蒲當

就 就在又 蹴七卜

## 尸部

尸 尸宵希 屍宵希 屎宵始 屎可希

尹 尹喻少 笄心居

尺 尺丑石

尼 尼尼非 尼括忌 怩尼非 呢尼非 坭尼西 泥尼西

尾

尾明彼

尿 尿尼照

局 局其卜 挶其卜

居 居見於 琚見於 裾見於 鋸見去 据見去 倨其去 踞其去

屈 屈非不 窟非不

掘其骨

屖 屋烏卜 握烏則 渥烏則

屑 屑心別

展 展之典 輾之典 碾之典

屚 扁末又 漏末又

屬

屩時卜 屩之卜

嘱之卜 劚之卜

鳥噏 | 英由 Y- | 河下 H- | 見共 K- | 啟共 K'- | ○岸 NG- | ○言 J- | 之杖 CH- | 丑長 CH'- | 則在 TS-

| | 平上去入 |
|---|---|
| -een | 天典見別 |
| -an | 凡晚犯八 |
| -wan | 環挽幻刮 |
| -an | 申忍艮不 |
| -wan | 君尹囷骨 |
| -ün | 倫居盡出 |
| -oon | 門本半末 |
| -ün | 全犬寸乙 |
| -on | 干罕翰曷 |
| -eem | 廉熙欠怯 |
| -am | 監斬鑑甲 |
| -om | 金浴浸十 |
| -am | 甘敢勘合 |
| -ang | 生等幸則 |
| -ang | 彭棒硬白 |
| -wang | 橫○○或 |
| -ing | 丁丙正碩 |
| -wing | 榮永咏域 |
| -ung | 中總動卜 |
| -ong | 當挷壯學 |
| -wong | 王廣旺國 |
| -eung | 章兩上約 |

## 屮部

屮 丑別

屯 之倫　屯 同仝　肫 之倫　盹 之倫

純 時倫　沌 大盡　鈍 大設　頓 大盡

㞢 之希　旹 時希

屰 由益　逆 由亦

## 山部

山 嗇姦　訕 嗇扳

汕 嗇扳　仙 心天

岑 時金　涔 時金

岡 見當　剛 見當　崗 見當

鋼 見當　綱 見當

島 丁老　搗 丁老

崔

崔 七回　催 七回

摧 作回

嵐 來監

嵩 心中

## 巛部

巛 丑全　巡 前倫

災 則哉

川 丑全　訓 非艮

順 時盡　馴 前倫

𡿧 未別

州 之由　洲 之由

酬 長由

巠 見丁　經 見丁　涇 見丁　輕 可丁　陘 由丁　剄 見丙

頸 見丙　徑 見正　逕 見正　脛 見正　勁 共正　莖 共丁

𡿺 ○○　腦 尼老　瑙 尼老

碯 尼老　惱 尼老

巢 長交

繅 心鳥

巤

剿 則小

勦 則小

鬣 來帖　獵 來帖

臘 來甲　蠟 來甲

## 工部

七韻TS'　丁T　大T-　太T'　同T-　心S　士S-　濱S　時S'　非F　扶F-　丙P　並P-　蓓P'　枯　尼N-　拉　來L-　口　明M-

吾五悟○　加也亞○　巷寨卦○　非乃哪○　乖共怪○　西做世○　鳥鬼位○　耶者夜○　非波利○　希始至○　詞子士○　於語去○　須取序○　乖水稅○　哀宰代○　回海罪○　鳥若父○　刀老路○　何火個○　戈果過○　交卯教○　由九又○　天小照○

工　工見中　攻見中　功見中　紅下中　鴻下中　虹下中　仝同中　汞可動　江見當　杠見當　釭見當　扛敬當

左　左則火　佐則個

巩　巩見總　鞏見總　恐可總

巨　巨共去　詎共去　鉅共去　炬共去　秬共去　柜共語　距共語　矩見語

巫　巫明烏　誣明烏　覡下必

差　差丑加　差丑斜　差七歌　槎長加　嗟則耶　傞則何

磋則何　蹉則何　瘥則何

## 己部

己　己見始　已由始　杞見始　紀見始　圯見始　屺見始　氾見始　起可始　記見至　配蓓雅　改見宰　妃非l

巳　巳在士　祀在士

巴　巴丙加　芭丙加　葩內加　爸內加

吧內加　琶發加　爬發加　把內也

㠯　㠯由始　耜在上

巵　巵之希

巷　巷下非　港見卯

巽　巽心蒜　饌杖兜　撰杖兜　撰心犬　選心犬

## 巾部

巾　巾見申

市　市非不　芾非不　肺非世　沛蓓罪　佩蓓罪　旆蓓雅

市　市時始　柿前子　鬧尼教　鬧尼教

布　布丙父　佈丙父　怖內父

希　希可希　稀可希　晞可希　絺可希

帚　帚之九　掃心路　婦扶苦

帛　帛並白　棉明大　綿明天

帝　帝丁世　蒂丁世　締丁世　諦丁世

蒂丁世　締太世　蹄同西　啼同西　齊且全

帥　帥衣悅　師心詞　獅心詞　篩心西

席　席在益　蓆在益

常　常時章　嫦時章

帶　帶丁界　滯杖世

| 平上去入 | -een | -an | -wan | -an | -wan | -un | -oon | -ün | -on | -oom | -am | -om | -om | -ang | -ang | -wang | -ing | -wing | -ung | -ong | wong | -eong |
|---|---|---|---|---|---|---|---|---|---|---|---|---|---|---|---|---|---|---|---|---|---|---|
| | 天典見別 | 冷晚犯八 | 環擐幻刮 | 申忍艮不 | 君尹囷骨 | 倫佸盡出 | 門本半末 | 全犬寸乙 | 干罕翰曷 | 庵黯欠帖 | 監斬鑑甲 | 金審浸十 | 甘敢勘合 | 生等幸則 | 彭棒硬白 | 橫○○或 | 丁丙正碩 | 榮永咏 | 中總動卜 | 當㨃壯學 | 王廣旺國 | 章兩上約 |

烏喻 · | Y-由英 | H-下可 | K-共見 | K'-共敬 | ○岸-NG | ○育-J | CH-杖之 | CH'-長丑 | TS-在則

# 干部

干　干見千　杆見千　竿見千　肝見千　赶見竿　罕可竿　刋可罕　岸岸喻　扞下喻
汗下喻　犴下喻　旰下喻　釬下喻　奸見肏　軒可天　飦之天　訐敬別

平　平磐丁
評磐丁

泙磐丁　苹磐丁　伻丙生
枰丑丁　秤丑正

年　年尼天

幵　幵見天　妍言天　研言天　形由丁
邢由丁　開可宴　銒見西

幷　幷正丁
骿磐丁

瓶磐丁　駢磐丁　絣磐丁
迸丙丨　屏丙丨　餅丙丨

幸　幸下幸　倖下幸
圉育語

幹　幹見翰
澣烏本

# 幺部

幺　幺英天

幻　幻喻幻

幼　幼英又
拗烏卯

幽　幽英由

幾　幾見紀　幾見希　機見希
璣見希　磯見希　饑見希
譏見希　饑見希

㡭　㡭見世　繼見世　斷丁寸
斷大寸　斷丁犬

# 广部

广　广英點

庄　庄之當
粧之當

庚　庚見生
賡見生

府　府非苦　俯非苦　撫非苦
腑非苦　腐扶父

度　度大路
度大學
渡大路

庫　庫非父
褲非父

庶　庶衛去　遮之耶
蔗之夜

康　康可當　糠可當
慷敬卯

庸　庸由中　傭由中
墉由中　慵由中

| 七 前 TS' | 丁 大 T- | 太 同 T' | 心 士 S- | 審 時 S' | 非 扶 F- | 丙 蒲 P- | 縹 磐 P' | 拈 尼 N- | 拉 來 L- | 乜 明 M- |
|---|---|---|---|---|---|---|---|---|---|---|

吾五悟○　加也亞○　華寡卦○　鞋乃界○　乖夬怪○　西啟世○　爲鬼位○　耶者夜○　非彼利○　希始至○　詞子士○　於語去○　須取序○　垂水稅○　哀宰代○　囘每罪○　烏苦父○　刀老路○　何火個○　戈果過○　交卯教○　由九又○　天小照○

廉 廉來廉 鐮來廉 簾來廉　廚 廚長於　廛 廛長天 纏長天　廣 廣見廣 曠非光 壙非光 擴敢國

# 廴部

廴 廴由忍　延 延由天 蜒由天 涎由天 誕丁犯 筵由天　廷 廷同丁 挺同丙 庭同丁 梃同丙 霆同丁 艇同丙 蜓同丁　建 建見ー 鍵共見 健共見　迴 迴喻囘

# 廾部

廾 廾見總　弁 弁蒲見　弄 弄來動　弇 弇英點 揜英點

# 弋部

弋 弋由益 鳶喻全 甙太益　式 式審益 拭審益 軾審益 試審至 弒審至 栻審益

# 弓部

弓 弓見中 窮共中 躬見中 穹共中　弔 弔丁照 吊丁照　引 引由忍 矧之忍 蚓由忍　弗 弗非不 髴非不 彿非不 紼非不 拂非不 佛扶不

初學粵音切要　十三

| 聲母 | | | | | | | | | |
|---|---|---|---|---|---|---|---|---|---|
| 烏喻- | 英由-Y | 可下-H | 見共-K | 敬共-K' | ○岸-NG | ○言-J | 之杈-CH | 丑長-CH' | 則在-TS |

| 韻 | 平上去入 |
|---|---|
| -een | 天典見別 |
| -an | 飡晚犯八 |
| -wan | 環挽幻刮 |
| -ǎn | 申忍艮不 |
| -wǎn | 君尹困骨 |
| -un | 倫盾遁出 |
| -oon | 門本半末 |
| -ün | 全犬寸乙 |
| -on | 干罕翰葛 |
| -eem | 廉點欠帖 |
| -am | 監斬鑑甲 |
| -om | 金審浸十 |
| -ǒm | 甘敢閤合 |
| -ǎng | 生等幸則 |
| -ang | 彭棒硬白 |
| -wang | 橫○○或 |
| -ing | 丁丙正碩 |
| -wing | 榮永詠域 |
| -ung | 中總動卜 |
| -ong | 當掙壯學 |
| -wong | 王廣旺國 |
| -eong | 章兩上約 |

咈扶不 費非世 怫非世 沸非世

**弘** 弘喻橫 泓喻橫

**弟** 弟大世 悌大世 第大世 苐大世 睇太敬 涕太世 剃太世 娣同敬 悌太西

**弱** 弱言約 嫋言約

溺尼益

**强** 强其章 强其兩 襁其兩

# 彐部

**彐** 彐見世

**彖** 彖同篆 篆士寸 椽喻全 緣喻全 蝝喻全 喙烏位

**彔** 彔求卜 祿求卜 綠求卜 錄求卜 碌拉卜 剝內學

**彗** 彗士稅 彗喻位 慧喻位 嘒喻位

**彙** 彙喻位 彚求水

**彝** 彝由希

# 彡部

**彡** 彡審監 衫審監 杉丑監

**彥** 彥言見 諺言見 顏岸奸

**㣎** 㣎明卜 穆明卜

**彭** 彭祭彭

# 彳部

**彳** 彳丑益

**後** 後下又

**徙** 徙心乃 徙心詞

**從** 從前中 從前動 從心中 縱則動 縱則中 蹤則中 聳心總 慫心總

**御** 御言去 禦言去

**復** 復扶卜 復扶又 覆非卜 馥扶又 履求彼

**微** 微明非 微明非

**徵** 徵之丁 懲長丁

| 七前 TS' | 丁大 T | 太同 T' | 心士 S | 審時 S' | 非扶 F | 丙並 P | 搭 P' | 尼 N | 拉末 L | 乜明 M |
| --- | --- | --- | --- | --- | --- | --- | --- | --- | --- | --- |

| ng | a | wa | ai | wai | y | wy | ea | ey | e | ou | ü | öy | oy | ooey | oo | oe | o | [ï] | io | oou | ow | eiu |
| --- | --- | --- | --- | --- | --- | --- | --- | --- | --- | --- | --- | --- | --- | --- | --- | --- | --- | --- | --- | --- | --- | --- |
| 吾五悟○ | 加也亞○ | 華寡掛○ | 鞋乃界○ | 乖夬怪○ | 西洗世○ | 爲鬼位○ | 耶者夜○ | 非彼利○ | 希紿至○ | 詞子士○ | 於語去○ | 須取序○ | 垂水稅○ | 回每罪○ | 哀宰代○ | 烏苦父○ | 刀老路○ | 何火個○ | 戈果過○ | 交卯教○ | 由九又○ | 夭小照○ |

# 心部

心 心心金 怎之甾 沁七浸

必 必丙別 閟丙利 謐明不 秘丙利 瑟審不 泌丙利

忌 忌共垂 跽共位

忍 忍由忍 認由貝

志 志之垂 痣之垂 誌之垂

忝 忝同點 添大廉

念 念尼欠 唸大見 驗宜欠 稔尼審 檢尼帖 諗審一

忽 忽非不

思 思心詞 偲心士

腮審衰 葸審敬

急 急見十

怱 怱七中 蔥七中

恆 恆下生

恩 恩英申 蒽英申

息 息心息 熄心息 媳心息

悉 悉心息

患 患哈幻 聽杖兆

恖 恖七中 總則總 忿七中 窗丑意 聰七中 惚丑章 蔥七中

悳 悳丁則 德丁則

惠 惠哈位 穗士稅

惡 惡烏學 惡烏一 惡烏父

惢 惢心火 蕊由水

意 意英垂 臆英息 噫英希 憶英息 億英息

愛 愛烏代 靉烏宰

感 感見敢 撼下勘 憾下勘

㥯 隱英忍 檼英忍 隱英忍 穩烏尹

慮 慮來序 濾來序 鑢來序

慶 慶可正

憂

憂英由 優英由 櫌英由 懮育小

憲 憲可見

# 戈部

戈 戈見戈 找之卯

戉 戉下乙 鉞下乙 越下乙 樾下乙

戊 戊明父 茂明又

戌 戌審去

戍 戍心出

𢦏

烏喩 | 英由Y- | 可下H- | 見其K- | 啟其K'- | 〇岸NG- | 〇言J- | 之杖CH- | 丑長CH'- | 則在TS-

| | 平上去入 |
|---|---|
| -en | 天典見別 |
| -an | 貧晚犯八 |
| -wan | 環挽幻刮 |
| -ăn | 申忍艮不 |
| -wăn | 君尹困[illegible] |
| -ön | 倫盾論出 |
| -oon | 門本半末 |
| -ün | 全犬寸乙 |
| -on | 干竿翰曷 |
| -ăm | [illegible][illegible]欠帖 |
| -am | 監斬鑑甲 |
| -um | 金審浸十 |
| -om | 甘敢勘合 |
| -ăng | 生等幸則 |
| -ang | 彭棒硬白 |
| -wang | 横〇〇或 |
| -ing | 丁內正碩 |
| -wing | 榮永咏[illegible] |
| -ung | 中總動卜 |
| -ong | 當綁壯學 |
| -wong | 王廣旺國 |
| -ëong | 章兩上約 |

戈則哀 哉則哀 栽則哀 裁前哀
載則代 [illegible]則宰 [illegible]七土
娥岸何 峨岸何 俄岸何 蛾岸何
莪岸何 鵝岸何 餓岸個
殘前[illegible] 剗丑晚
盞之晚 棧似犯
戠 戠之忍 織之忍 職之忍 識審忍
識之至 熾丑至 幟丑至

戎 戎由中 絨由中
戒 戒見界 誡見界
械下界
或 或喻或 惑喻或 閾喻當 棫喻當
域喻當 緎見當 彧英卜
戜 戜似不
鐵太別

成 成時丁 城時丁 誠時丁
盛時正 盛時丁
戔 戔則天 箋則天 錢前天 淺七典
賤在見 踐前典 餞則見 濺則見
戚 戚七[illegible] 慼七[illegible]
[illegible]七卜
截 截在別

我 我岸火
哦岸何
戛 戛烏八
戴 戴丁界

戶部

戶 戶喩父 扈非父
妒丁路
戾 戾未稅 淚未稅
唳未稅 捩未世
扁 扁內典 偏篇天 篇篇天 偏篇天 翩篇天
編內天 蹁磐天 徧篇見 遍篇見 騙篇見
褊篇典
匾內典
扇 扇審見 煽審見
謆審見
扈 扈喩父
滬喩父

手部

手 手審九
才 才前哀 材前哀 財前哀
閉內世 在在代 [illegible]則詞
承 承時丁
折 折之別 哲之別 晳之別
浙之別 誓時世 逝時世
拜 拜內界
湃內界

初學粵音切要 十四

七TS'　前　丁TS'　大T-　太T'　同T'　心S-　士　嗇S'　時　非F-　扶　內P-　嗹　盤P'　拈　尼N-　拉　來L-　口　明M-

吾五悟○　加也亞○　華寡卦○　乖乃界○　乖夬怪○　西洗世○　居鬼位○　耶者夜○　非彼利○　希始至○　詞子士○　於語去○　須取序○　垂水稅○　衰宰代○　回每罪○　烏者父○　刀老路○　何火個○　戈果過○　交卯教○　由九又○　天小照○

## 支部

**支** 支之希 枝之希 肢之希 岐其希 歧其希 伎其希 伎其至 枝其至 忮其至 妓其千 芰其至 屐其石 翅丑至

## 攴部

**攴** 攴篇學 枚明回 牧明卜

**攸** 攸由 悠由 脩心由 修心由 倏審卜 條同天 滌大旦

**攺** 攺敬 啟敬 肇時照

**敉** 敄明文 務明文 霧明文 鶩明文 騖明文 婺明文 鍪明由

**敏** 敏明忍 繁扶冷

**敕** 敕丑旦 嫩尼寸 漱心又

**敖** 敖岸路 傲岸路 遨岸刀 驁岸刀 熬岸刀 嗷岸刀 贅之稅

**敝** 敝鼈世 幣鼈世 弊鼈世 斃鼈世 蔽內世 撇篇別 瞥篇別 鼈內別

**敞** 敞丑掌

**敢** 敢見敢 橄見敢 瞰可路

**散** 散心犯 撒心八

**敦** 敦丁倫 墩丁倫 憝丁倫 鐓大罪

**𢾾** 撤丑別 澈丑別 徹丑別 轍丑別

**敫** 敫由約 激見旦 邀英天 竅可照

徼見小 繳見小 徼見小 斅下不 擻下不

**敬** 敬見正 儆見內 警見丙 驚見丁 擎其丁

**數** 數審路 藪心學 擻心九 藪審老

## 文部

**文** 文明中 蚊明中 紋明中 旻明中 汶明忍 紊未盡 吝未盡 斑內冷

## 斗部

**斗** 斗丁九 科丁九 斝見也 料未照

| |
|---|
| 平上去入 |
| 天典見[illegible] |
| 冷晚犯八 |
| 環挽幻刮 |
| 申忍艮不 |
| 君尹[illegible]律 |
| 倫[illegible][illegible]出 |
| 門本[illegible]末 |
| 今犬[illegible]乙 |
| 下宇[illegible][illegible] |
| [illegible][illegible]欠[illegible] |
| [illegible][illegible][illegible]甲 |
| 金[illegible][illegible]下 |
| 日[illegible][illegible]合 |
| 生等[illegible][illegible] |
| [illegible][illegible][illegible]內 |
| 橫[illegible]○或 |
| 丁內[illegible][illegible] |
| 榮永詠[illegible] |
| 中[illegible]動卜 |
| 當[illegible]壯[illegible] |
| 王[illegible]旺國 |
| [illegible]雨[illegible]約 |

## 斤部

**斤** 斤見巾 忻英巾 芹其巾 近其艮 匠在上 所審火 圻見希 祈其希 旂其希 沂由希

**斥** 斥丑忌 坼丑白 拆丑白 訴心路 柝太亞

**斬** 斬之斬 轉作鑑

塹前監 漸作欠

**斯** 斯心詞 澌心詞 凘心西 撕心西

**新** 新心申 薪心申

**斵** 斵丁約 斸丁乂

## 方部

**方** 方非當 芳非當 鈁非當 妨非當 房扶當 防扶當 敀非非 放分卯 倣非卯 訪非卯 彷非卯 紡非卯

**於** 於烏於

**施** 施審希 弛由希 [illegible]審爺

**旁** 旁祭當 磅祭當 膀祭當 傍祭當 徬旗北 榜內卯 謗益北 滂益當

**旅** 旅來取 膂來取

**旋** 旋土全

**斿** 斿由— 游由— 遊由—

**族** 族作卜 簇作卜 鏃作卜 嗾作卜

## 无部

**无** 无明烏

**旡** 旡見至

**既** 既見至 暨啟至 廐見乂 慨啟代 溉啟代 概啟代 槩啟代 嘅啟代

## 日部

| 七 | 前 | ?S | ?F | 大 | T | 太 | 同 | ? | 心 | 士 | S | 寄 | 時 | S | 非 | 扶 | F | 丙 | 孫 | ? | 蕊 | 容 | 卜 | 搭 | 見 | N | 拉 | 卜 | L | 巴 | 明 | M |
|---|---|---|---|---|---|---|---|---|---|---|---|---|---|---|---|---|---|---|---|---|---|---|---|---|---|---|---|---|---|---|---|---|
| 吾五悟○ | 加也㗎○ | 華踝卦○ | 乖乃界○ | 乖丹怪○ | 西洗世○ | 瓜鬼位○ | 卿者夜○ | 非彼利○ | 希婦至○ | 詞子士○ | 於語去○ | 須取序○ | 乖水稅○ | 哀字代○ | 回匆罪○ | 烏普父○ | 刀老路○ | 何火個○ | 戈果過○ | 交卯教○ | 由九乂○ | 天小照○ | | | | | | | | | | |

日　日肉不

旦　旦丁犯　但大犯　坦太晚　袒太晚　胆丁靳　担丁監　怛太八

旨　旨之始　指之始　脂之希　詣岸敬

早　早則老　草七老

皁在路　皁在路

旬　旬前倫　狗前倫　殉前倫　洵心倫　荀心倫　詢心倫　郇心倫　恂心倫　絢下寸

旱　旱下罕　趕見罕　悍下翰　捍下翰

昆　昆見君　崑見君　鯤見君　琨見君　焜見君　混倫閏　倔見國

昊　昊下路

昌　昌丑章　倡丑章　娼丑章　菖丑章　猖丑章　唱丑上

明　明明丁　盟明生　萌明生

昏　昏非申　惛非申　婚非申　閽非申

易　易由益　易由至　蜴由益　賜七上　錫心益　惕太益　裼太益　踢太益

昔　昔心益　惜心益　踖心益　借則夜　鵲七約　措七路

醋七路　錯七學

易　易由章　楊由章　暘由章　陽由章　颺由章　瘍長章　腸長章　暢丑上

星　星心丁　猩心丁　腥心丁　醒心丙

居七學　蜡丑亞

春　春丑倫　椿丑倫　蠢丑居

是　是時至　湜時至　匙時希　提同西　題同西　醍丁西　隄丁西　踶大世

昱　昱英卜　煜英卜

時　時時希　塒時希

春

晉　晉則盡　搢則盡　縉則盡　戩則典

普　普篇苦　譜篇苦

晉

昜　昜長章　瘍長章　傷商章　殤商章

景見丙　影英丙

晶　晶則丁

㬎　㬎可典　顯可典　濕沓十

書　書之乂

暴　暴並路　爆並卜　曝並卜　瀑並卜

曇　曇同監

景

曰部

曰　曰喻乙　曲可卜

曳　曳由世　拽由世　洩心別　紲心別

更　更見幸　更見生　梗見等　綆見等　哽烏等　硬岸硬　甦心烏

曷　曷下曷　褐下曷

香港・澳門雙城成長經典

烏喩 | 英由Y- | 可下H- | 見共K- | 敬共K'- | ○岸NG- | ○言J- | 之杈CH- | 丑長CH'- | 則在TS-

| | 平 | 上 | 去 | 入 |
|---|---|---|---|---|
| -een | 天 | 典 | 見 | 別 |
| -an | 冷 | 晚 | 犯 | 八 |
| -wan | 環 | 挽 | 幻 | 刮 |
| -ăn | 巾 | 忍 | 艮 | 不 |
| -wăn | 君 | 尹 | 困 | 拂 |
| -un | 倫 | 盾 | 盎 | 出 |
| -oon | 門 | 本 | 半 | 末 |
| -ün | 全 | 犬 | 寸 | 乙 |
| -on | 干 | 罕 | 翰 | 葛 |
| -eem | 廉 | 點 | 欠 | 帖 |
| -am | 監 | 斬 | 鑑 | 甲 |
| -om | 金 | 甚 | 浸 | 十 |
| -om | 口 | 散 | 勘 | 合 |
| -ăng | 生 | 等 | 幸 | 則 |
| -ang | 彭 | 棒 | 硬 | 白 |
| -wang | 橫 | ○ | ○ | 或 |
| -ing | 丁 | 丙 | 正 | 碩 |
| -wing | 榮 | 永 | 咏 | 京 |
| -ung | 中 | 總 | 動 | 卜 |
| -ong | 當 | 綁 | 壯 | 學 |
| -wong | 王 | 廣 | 旺 | 國 |
| -öng | 章 | 兩 | 上 | 約 |

喝可曷 渴可曷 葛見曷 遏烏八 餲烏界 謁烏別 歇可別
蠍可別 蝎可別 竭敬別 碣敬別 楬敬別 揭敬別

**書** 書舒於

**曹** 曹前刀 槽前刀 糟則刀 遭則刀

**曼** 曼明犯 慢明犯 蔓明犯 幔明半 漫明半 墁明門 饅明中

**曾** 曾則生 曾前生 增則生 憎則生 層前生 贈存幸 僧心生 繒則幸

**最** 最則稅 嘬丑界

蕞七乙 撮七乙

**替** 替太世 僣太別

**朁** 簪七斬 潛七淺 憯七斬 僭七尖 鐕前監 潛前廉 鐟則監

**會** 會下罪 膾可罪 會可罪 獪可罪 繪可罪 澮可罪

檜可罪 檜可罪 劊可罪 儈可罪

噲烏位 薈烏位 噲非界

# 月部

**月** 月言乙 刖喩乙

**有** 有由九 有由又 侑由又 宥由又 囿由又 痏非每 洧非每 賄非每 郁英卜

**朋** 朋磐生 崩丙生 淜蒲生 棚磐彭

**服** 服扶卜

**朔** 朔消學 槊消學 搠消學 塑心路 溯心路 遡心路 愬心路

**朕** 朕○○ 滕同生 騰同生 籐同生 勝消正 勝消丁 媵由正

**朝** 朝之夭 朝長夭 潮長夭 廟明照 嘲之交

# 木部

**木** 木明卜 沐明卜

**未** 未明利 味明利 寐明利 妹明罪 昧明罪 魅明罪 抹明罪 沫明罪

**末** 末明沫 袜乜末

**本** 本丙本 笨磐本 缽丙末 砵丙末

初學粵音切要　上

# 初粵音切要

| 七前TS' | 丁大T- | 太同T' | 心士S- | 齊時S' | 非扶F- | 丙並P- | 蓓旁P' | 枯尼N- | 拉來L- | 己明M- |
| --- | --- | --- | --- | --- | --- | --- | --- | --- | --- | --- |

吾五悟○　加也亞○　乖寨卦○　料乃界○　爭共怪○　西做世○　爲鬼位○　耶者夜○　非彼利○　希始至○　詞子士○　於語去○　須取序○　垂水稅○　哀宰代○　囘每罪○　烏苦父○　刀老路○　何火個○　戈果過○　交卯教○　由九又○　夭小照○

札 札之八
朮 朮時出 術時出 述時出
朱 朱之於 誅之於 株之於 銖之於 姝之於 侏之於 珠之於 硃時於 蛛之於
朵

朶丁火 朵丁火 躲丁火
朿 朿七士 策丑白 刺七士
李 李米彼
杏 杏下辛
呆 呆岸哀
束

束丑卜 速七卜 觫七卜 悚心總 竦心總 勅丑息 辣未八 踈溜何
杰 杰共別
東 東丁中 凍丁動 棟丁動
杳 杳明小
松

松前中 鬆心中
析 析心息 淅心息 晳心息
林 林未金 淋未金 琳未金 霖未金 痳未金 森溜金 彬丙中 焚扶中 婪未監
果 果見果 菓見果

裹見米 顆非火 夥非火 課非個 棵拉火 踝非亞
枼 枼喻帖 楪喻帖 碟大帖 揲火帖 牒大帖 堞大帖 蝶大帖
某 某明九 謀明由 媒明回 煤明回
染

染言點
柔 柔言由 揉英九 蹂英九
査 査長加 渣之加
柬 柬見晚 揀見晚 諫見犯 練未見 鍊未見 煉未見
栗 栗未出 慄未出

桀 桀共別 傑共別 磔札白
桑 桑心當 顙心翔
桼 桼七不 漆七不 膝心不
梁 梁未良 粱未良
梟 梟可夭

棗 棗則老
棄 棄可至
棘 棘見息
棥 棥扶冷
楚 楚丑火
楙 楙明又 懋明又

業 業宜帖
樂 樂岸學 樂岸教 樂未學 藥由約 鑠由約 轢拉息 櫟拉息 礫拉息 爍拉息
樊 樊扶冷 攀篇冷
橐 橐太學 蠹丁路

欠部

| 烏喻- | 英由-Y | 可下-H | 見共-K | 敬其-K' | ○岸-NG | ○言-J | 之杖-CH | 丑長-CH' | 則在-TS |
|---|---|---|---|---|---|---|---|---|---|

| | 平上去入 |
|---|---|
| -een | 天典見別 |
| -an | 冷晚犯八 |
| -wan | 環挽幻刮 |
| -an | 中忍艮不 |
| -wan | 什尹囷骨 |
| -un | 倫盾盞出 |
| -oon | 門本半末 |
| -ün | 全犬寸乙 |
| -on | 干竿翰曷 |
| -eem | 廉點欠帖 |
| -am | 監斬鑑甲 |
| -om | 金㴲浸十 |
| -om | 甘敢勘合 |
| -ang | 生等幸則 |
| -ang | 彭棒硬白 |
| -wang | 橫○○或 |
| -ing | 丁丙正碩 |
| -wing | 榮永咏役 |
| -ung | 中總動卜 |
| -ong | 當掙壯學 |
| -wong | 王廣旺國 |
| -eong | 章兩上約 |

**欠** 欠可欠 芡可欠 欽英金 嶔英金 歆英淋 飲英沒 坎可敢 砍可敢 歁音犬 吹丑垂 吹丑稅 瓷前詞

**次** 次七主 恣七主 姿則詞 粢則詞 咨則詞 資則詞 諮則詞 茨前詞

**欣** 欣英申 掀可天

**歎** 歎敬乙 闕可乙

**欸** 欸非本

## 止部

**止** 止之始 址之始 沚之始 祉之始 耻丑始 趾之始 企敬始 祉丑者

**正** 正之正 症之正 政之正 証之正 征之丁 整之丙 罡見當

**此** 此七子 呰七子

**紫** 紫則子 疵前詞 貲則詞 雌七詞 些心耶 柴長鞋 嘴則水

**步** 步離父 陟之息 涉涉帖 隲之不

**武** 武明苦 鵡明苦 斌丙申 賦非父

**癶** 登止 癸審十 澀審十

**歲** 歲心稅 䄔烏位

**歷** 歷來息 瀝來息 壢未息 靂拉息 櫪拉息

**歸** 歸見威

## 歹部

**歹** 歹丁乃

**死** 死心子 葬則非

**奴** 叔前谷 餐七谷

**殄** 殄同典 餮太別

## 殳部

**殳** 殳時於 芟審監 疫由息 役由息 投同由 殿同由 殷同由 毆丑別 股見苦

**段** 段大寸 緞大寸

**殼** 殼可學 愨敬學 殻下卜 縠見卜 觳見卜 穀敬又 彀敬又

七諏TS'　丁大T-　太同T'　心士S-　審時S'　非扶F-　丙並P-　縹磐P'　拈尼N-　拉來L-　口明M-

ng 香五悟○　-a[r] 加也亞○　-wa 華寡卦○　-ai 雞乃界○　-wae 乖夬怪○　-y 西敬世○　-wy 爲鬼位○　-ia 耶者夜○　-ey 非彼利○　-e 希始至○　-ze 詞子士○　-ü 於語去○　-üy 須取序○　-oey 垂水稅○　-oy 哀采代○　-ooey 回每罪○　-oo 烏苦父○　-oo 刀老路○　-o[r] 何火個○　-wo 戈果過○　-aou 交卯教○　-oiv 由九又○　-oiw 天小照○

殷 殷英申 慇英申
殸 殸可正 謦可正 罄可丁 磬可正 聲審丁
毆 毆烏世 醫英希 翳烏世
殺 殺審八 殺審界
轂

殹見烏 繄見烏 緊下世
殿 殿大見 臀同全 癜大見
毀 毀烏鬼 譭烏鬼 燬烏鬼
斆 斆在學 礐作學

毋部

毋 毋明烏 姆明苦 母明苦
每 每明每 梅明回 悔非罪 海可宰 晦非罪 侮明苦 誨非罪
毒 毒大卜 纛大卜

比部

比 比丙彼 毗並利 妣丙彼 庇丙利 秕並非 屁丙利 琵磐非 枇縹西
毘 毘磐非 貔磐非
毚 毚前監 儳前監 讒前監 纔前哀

毛部

毛 毛明刀 耄明路 旄明刀 眊明路 髦明刀 耗可路 毫下刃
毳 毳之稅

气部

气 气可至
氣 氣可至 餼可至

氏部

氏 氏時至 紙之始 祇其希 舐時乃 祗之始
氐 氐丁啟 呧丁啟 底丁啟 低丁西 抵丁啟 羝丁西 邸丁啟 胝丑希 詆丁啟 蚔長希
民 民明申 岷明申

| 烏 喻 | 英 由 Y- | 可 下 H- | 見 共 K- | 敬 共 K'- | ○ 岸 NG- | ○ 賓 J- | 之 杖 CH- | 丑 長 CH'- | 則 在 TS- |
|---|---|---|---|---|---|---|---|---|---|
| 平上去入 | 天典見別 | 伶晚犯八 | 環挽幻刮 | 申忍民不 | 君尹困拙 | 倫屆盪出 | 門本半末 | 全犬寸乙 | 下竿韓曷 |
| 廉點欠帖 | 監斬鑑甲 | 金淋浸十 | 甘敢勘合 | 生等辛則 | 彭棒硬白 | 橫○○或 | 丁丙正碩 | 榮永詠息 | 中總動卜 |
| 常辦壯學 | 王廣旺國 | 章兩上約 | | | | | | | |

珉 明中 珉 明忽
眠 明天

# 水部

水 水 須水
沓 沓 大甲 踏 大甲
淵 淵 烏全
永 永 喻永 咏 喻咏 泳 喻咏 詠 喻咏 𧰼 明則
次 次 由天 羨 士見 𧰼 大𧰼
淼 淼 明小
渠 渠 其於
沙 沙 需加 𥂕 心何 𣻻 需加
湯 湯 大當 盪 大非 𧰼 大非
氾 氾 非犯 范 其犯
求 求 其由 毬 其由 裘 其由 球 其由 逑 其由 救 見又
泉 泉 前全 線 心見
波 波 丙何 婆 𥂕何

# 火部

火 火 非火
灰 灰 非回 恢 非回 詼 非回 𥂕 敬烏 炭 太犯
炎 炎 由𥂕 淡 大𧰼 啖 大𧰼 痰 同監 談 同監
炙 炙 之石
烏 烏 烏 嗚 烏 塢 烏苦
威 威 明別 滅 明別
烝 烝 之丁 蒸 之丁
焉 焉 下天 焉 英天 鄢 英天
𤇾 𤇾 ○○ 營 由丁
𤇾 由丁 熒 由丁 滎 由丁 瑩 由丁 榮 喻榮 犖 其丁 熒 烏生
無 無 明烏 舞 明烏 撫 非苦 憮 明苦 廡 明苦 𤓰 明苦
然 然 言天 燃 言天 撚 言天
焦 焦 則天 蕉 則天 樵 前天 譙 前照 醮 則照 𧰼 之照
煞 煞 𥂕八
煩 煩 扶餘
熏 熏 非中 薰 非中 勳 非中 曛 非中 𤓰 可全
燕

初學粵音切要 七

# 初學粵音切要



M-明乜|L-來拉|N-尼拈|P'縈蘋|P-邊丙|F-扶非|S'時審|S-士心|T'同太|T-大丁|TS'倚七

吾五惜○
加也既○
華寡卦○
剳乃界○
乖夬怪○
西洗世○
爲鬼位○
咀者夜○
非彼利○
希絲至○
詞子上○
於語去○
須取序○
垂水稅○
哀宰代○
回每罪○
烏苦父○
刀老路○
何火個○
戈果過○
交卯教○
由九又○
天小照○

燕燕英見燕英天 燕英典 爕爕心別 爕心別 爨爨七寸

## 爪部

爪爪之卯 抓之卯 爭爭之生 箏之生 諍杖亨 靜在正 淨在正 阱在正 全全由金 洤由金 再再丑丁 稱丑正 稱丑丁 爰

爰喻个 援喻个 煖尼犬 暖尼犬 緩喻半 爲爲喻爲 爲喻位 僞我世 嬀見爲 爵爵未寸 亂未寸 辭前詞 爵爵則約 嚼在約 嚼在約 釂則瞧

## 父部

父父扶父 斧非苦 釜非苦

爻爻岸交 駁丙學 爽爽審排 爾爾宵始 邇宵始 彌明非 瓕明非 璽心乃

## 爿部

爿爿前登 牀長當 戕前菜 狀杖壯

## 片部

片片篇見 牖由九

## 牙部

牙牙岸加 訝岸亞 芽岸加 迓岸亞 呀可加 雅岸也 鴉烏加 穿丑全 掌穿丑生 撐丑生

| | | | | | | | | | |
|---|---|---|---|---|---|---|---|---|---|
| 烏喻・ | 英由 Y- | 可下 H- | 見共 K- | 敢共 K'- | ○岸 NG- | ○言 J- | 之衩 CH- | 丑長 CH'- | 則在 TS- |

| | |
|---|---|
| | 平上去入 |
| -een | 天典見別 |
| -an | 冷晚犯八 |
| -wan | 環挽幻刮 |
| -ăn | 申忍艮不 |
| -wăn | 君尹囷骨 |
| -un | 倫盾盡出 |
| -oon | 門本半末 |
| -ün | 全犬寸乙 |
| -on | 干罕翰曷 |
| -eem | 廉點欠帖 |
| -am | 監斬鑑甲 |
| -ŭm | 金審浸十 |
| -om | 甘敢勘合 |
| -ăng | 生等幸則 |
| -ang | 彭棒硬白 |
| wang | 横○○或 |
| -ing | 丁丙正積 |
| wing | 榮永咏[illegible] |
| -ung | 中總動卜 |
| -ong | 當綁壯學 |
| wong | 王廣旺國 |
| -eong | 章兩上約 |

## 牛部

**牛** 牛岸由 牡明九 牢來刀

**牟** 牟明由 眸明由 麰明由

**牽** 牽可天

**犀** 犀心西 穉杖至 墀長希 遲長希

## 犬部

**犬** 犬可犬 畎可犬 吠扶世

**犮** 犮蒲末 跋蒲末 鈸蒲末 拔蒲不 髮非八

**狂** 狂共王 誑非綁

**狄** 狄大息

**狊** 狊見畜 闃見畜

**猋** 猋丙天 飈丙天

**獄** 獄由卜 嶽岸學

**獻** 獻可見 讞可見

## 玄部

**玄** 玄喻全 鉉下天 絃下天 弦下天 眩喻寸 衒喻寸

**茲** 茲則詞 孜則詞 孳則詞 滋則詞 慈前詞 磁前詞

**率** 率省出 率來出

## 玉部

**玉** 玉由卜 鈺由卜

**王** 王喻王 汪烏王 王喻旺 尪烏王 旺喻旺 枉烏廣

**珏** 珏見學

**班** 班丙冷

## 瓜部

## 瓦部

七請TS'｜丁T-大T'｜太同T｜心士S｜審時S'｜非扶F｜丙並P｜篇磐P'｜拈尼N｜拉ㄌL｜乜咀M

| | | | | | | | | | | | | | | | | | | | | | | |
|---|---|---|---|---|---|---|---|---|---|---|---|---|---|---|---|---|---|---|---|---|---|---|
| ng | a | wa | ai | wai | ei | wei | ia | ei | i | zu | ü | üy | oey | oi | ooey | oo | ao | o | wo | au | ow | iw |
| 吾五悟○ | 加也亞○ | 華寡卦○ | 鞋乃界○ | 乖夬怪○ | 西啟世○ | 爲鬼位○ | 耶者夜○ | 非彼利○ | 希始至○ | 詞子士○ | 於語去○ | 須取序○ | 垂水稅○ | 哀宰代○ | 回每罪○ | 烏苦父○ | 刀老路○ | 何火個○ | 戈果過○ | 交卯教○ | 由九又○ | 夭小照○ |

**瓜** 瓜見華 孤見烏 觚見烏 呱見烏 狐喻烏 弧喻烏

**瓦** 瓦岸也

## 甘部

**甘** 甘見甘 疳見甘 柑見甘 酣下甘 邯下干 紺見勘 拑其廉 箝其廉 鉗其廉 嵌可鑑

**甚** 甚時浸 斟之金 堪可甘 勘可勘

## 生部

**生** 生審生 牲審生 甥審生 旌則丁 姓心正 性心正 往喻廣 甡心中

**產** 產丑晚

**甦** 甦由稅

## 用部

**用** 用喻動

**甫** 甫非苦 脯非苦 俌磐烏 蒲磐烏 匍磐烏 哺丙烏 逋丙烏 捕並路 餔慕父 鋪篇烏 埔篇烏 浦丙苦 圃丙苦 補丙苦 哺丙烏 輔扶父 敷非烏

**甬** 甬由總 踊由總 俑由總 湧由總 勇由總 恿由總 涌由總 涌丑中 痛太動 誦前動 桶太總 通太中

**葡** 葡並利 備並利 憊篇界

## 田部

**田** 田同天 鈿同天 佃大見 甸大見

**由** 由喻由 油喻由 紬長由 抽丑由 柚由又 岫在又 袖在又 宙杈又 冑杈又 妯杈又 廸大息 笛大息 軸杈卜

**甲**

| 烏 喻- | 英 由 Y- | 可 下 H- | 見 共 K- | 敬 共 K'- | ○ 岸 NG- | ○ 言 J- | 之 杖 CH- | 丑 長 CH'- | 則 在 TS- |
|---|---|---|---|---|---|---|---|---|---|

| | |
|---|---|
| | 平上去入 |
| -een | 天典見別 |
| -an | 冷晚犯八 |
| -wan | 環挽幻刮 |
| -ăn | 申忍艮不 |
| -wăn | 君尹困骨 |
| -un | 倫呂慮出 |
| -oon | 門本半末 |
| -ün | 全犬寸乙 |
| -on | 干稈幹葛 |
| -eem | 廉點欠帖 |
| -am | 監斬鑑甲 |
| -ăm | 金沁浸十 |
| -om | 甘敢勘合 |
| -ăng | 生等幸則 |
| -ang | 彭棒硬白 |
| -wang | 橫○○或 |
| -ing | 丁丙正碩 |
| -wing | 榮永咏域 |
| -ung | 中總動卜 |
| -ong | 當爽壯學 |
| -wong | 王廣旺國 |
| -eong | 良兩上約 |

甲 見甲　鴨 烏甲　押 烏甲　呷 可甲
匣 下甲　柙 下甲　狎 下甲

# 申

申 沓申　仲 沓申　呻 沓申
紳 沓申　坤 敬存　神 時申

# 男

男 尼監

# 甹

甹 丙丁
娉 篇正
騁 篇正
聘 篇正

# 甾

甾 則詞　菑 則詞　輜 則詞
緇 則詞　錙 則詞

# 畀

畀 丙彼　鼻 並利
稗 並世

# 畏

畏 烏位
喂 烏位

# 畐

畐 非卜
福 非卜
幅 非卜　富 非爻　副 非爻
逼 丙息　偪 丙息　匐 並白

# 畜

畜 丑卜
蓄 丑卜

# 畟

畟 則总
稷 則总

# 畢

畢 內不
嗶 內不

# 番

番 非佘　幡 非佘
翻 非佘　譒 非佘
繙 非佘　旛 非佘　潘 扶佘　燔 扶佘　蕃 扶佘　繙 扶佘
蟠 發門　潘 篇門　翻 發何　皤 發何　播 內個

# 畫

畫 喻或　劃 喻或
畫 喻卦

# 異

異 喻至　冀 敬至
驥 敬至　翼 由息

# 留

留 未由　榴 未由　畱 未由
瘤 未由　溜 未又　遛 未又

# 當

當 丁當
當 丁壯

# 畺

畺 見章　僵 見章　𡒄 見章
韁 見章　彊 共章

# 畾

畾 未回
纍 未回
疊 未同
壘 未水

# 疊

疊 大帖

# 疋部

# 疋

疋 篇不

# 疌

疌 尼帖　捷 在帖
婕 在帖

# 疐

疐 之至
懥 丑至

# 疑

疑 言希　嶷 言希　擬 言始
嶷 由忌　凝 由丁　礙 岸代

# 疒部

# 疒

疒 尼白　疾 前不　愱 前不
嫉 前不　蒺 前不

三十

| 七前TS' | 丁大T | 太同T' | 心士S | 審時S | 非扶F | 丙並P | 篇磐P' | 枯尼N | 拉来L | 明乜M |
|---|---|---|---|---|---|---|---|---|---|---|

| 'ng | [a] | ua | ai | uai | ei | uy | e | i | i | z |
|---|---|---|---|---|---|---|---|---|---|---|
| 吾五悟○ | 加也亞○ | 華寡卦○ | 鞋乃界○ | 乖夬怪○ | 西啟世○ | 爲鬼位○ | 耶者夜○ | 非彼利○ | 希始奎○ | 詞子士○ |

| ü | ui | oey | oi | ooey | o | ou | [o] | wo | aau | au | iu |
|---|---|---|---|---|---|---|---|---|---|---|---|
| 於語去○ | 須取序○ | 垂水稅○ | 哀宰代○ | 回每罪○ | 烏苦父○ | 刀老路○ | 何火個○ | 戈果過○ | 交卯教○ | 由九又○ | 夭小照○ |

## 癶部

**癶** 癶丙末

**癸** 癸見位 揆其鬼 睽其鬼 葵其爲

**發** 發非八 廢非世 撥丙末 潑篇末

## 白部

**白** 白並白 伯丙白 柏丙白 拍篇白 魄篇白 怕篇亞 帕篇亞 迫丙白 碧丙白 粕篇學 泊並學 舶並學

**百** 百丙白 栢丙白 粥並不 陌明則 貊明則

**皀** 皀可章 卿可丁

**見** 見明教 貌明教 藐明小 邈明學

**皆** 皆見鞋 喈見鞋 偕見鞋 楷見鞋 階見鞋 堦見鞋 諧下鞋

**皇** 皇喻王 煌喻王 惶喻王 蝗喻王 遑喻王 凰喻王 徨喻王

**皛** 皛下小

## 皮部

**皮** 皮磐非 被磐非 披篇非 彼丙彼 鞁並利 破篇個 簸篇個 頗篇火 跛篇火 坡丙何 玻丙何 陂丙何

## 皿部

**皿** 皿明丙

**盈** 盈由丁 楹由丁

**益** 益英益 謚英益 溢由不 鎰見全 縊烏世 隘烏界

**昷** 昷烏君 溫烏君 氳烏君 瘟烏君 薀烏君 殟烏君

二

烏輪。平上去入

| | | |
|---|---|---|
| 英 | | 天典見別 |
| 由 | Y- | 斧晚兜八 |
| 可 | | 環挽幻刮 |
| 下 | | 申忍貝不 |
| H- | | 君尹困骨 |
| 見 | | 倫侖論出 |
| 其 | K- | 門本半末 |
| 其改 | K'- | 今大子乙 |
| 其○ | | 丁宰翰葛 |
| | | 廉邪欠帖 |
| 咩○ | NG- | 監斬濫甲 |
| | | 金審浸十 |
| 言 | | 甘敢暗合 |
| 小之 | | 生等辛則 |
| 奴 | CH- | 彭棒硬白 |
| 丑長 | CH'- | 横○○或 |
| | | 丁丙正碩 |
| | | 榮永脉泉 |
| | | 巾緊動卜 |
| 則在 | TS- | 當卯壯學 |
| | | 王廣旺國 |
| | | 章兩上約 |

搵烏尹 醞烏尹 縕烏尹 慍烏 媼烏老

藍未監 濫未監 檻未監 艦未監

監見監 鑑見監 鑒見監

盍 盍下合 闔下合 磕下合 蓋見代 盬由火

盥 盥非本

盡 盡介盡 燼則盾 贐則盾

盧 盧未刀 廬未刀 爐未刀 鑪未刀 矑未刀 壚未刀 驢未須 臚未須 𧖄未須

監 監見監 鑑未監

目部

目 目明卜

直 直杖忌 值杖忌 植杖忌 殖杖忌 置之杏 値杖世

相 相心章 湘心章 箱心章 想心上 想心兩

盾 盾同盾 楯同盾

遁大盡 循前倫

省 省心等 省心內 惺心內

眇 眇明小 渺明小

眉 眉明非 湄明非 楣明非 媚明非 嵋明非 媚明利

看 看可干 看可翰

眾 眾大甲 鰥見環

眞 眞之申 嗔丑申 鎮之艮 縝丑忍 慎時艮 瑱丁天 塡同天 鎭之圣

眾 眾之動 衆之動

睘 睘其丁 環論環 還論環 寰論環 鐶論環 闤論環 圜論今 獧其寸 嬛論環 寰論環

睪 睪由忌 驛由忌 懌由忌 繹由忌 譯由忌 斁由忌 斁丁涕 釋涕忌 擇杖則 澤杖則 鐸大學

睿 睿由稅 濬則盡

敹收學

瞿 瞿其於 衢其於 懼其去

矍 矍收國 攫收國 躩收國

矛部

矛 矛明交 茅明交 袤明又

矞 矞未出 繘見骨 橘見骨 鷸由總

石部

石 石時石 碩時石 祏之石 柘之夜 斫之約

初學粵音切要

三二

七前TS　大T　太同T　心士S　審時S　非扶F　丙薇P　彼婦P　粘尼N　來拉L　明M

香五快〇　加也亞〇　常容卦〇　斜乃界〇　乖夫怪〇　西微世〇　風鬼位〇　耶爹夜〇　非彼利〇　希始垂〇　詞子士〇　於諸去〇　須取序〇　垂水稅〇　哀宰代〇　岡每罪〇　鳥苦父〇　刀老路〇　何火個〇　戈果過〇　交卯教〇　由九又〇　天小〇斷

## 矢部

矢
矢且始　肄由至　雉杖至
㹸杖至　薙太世

矣
矣由始　唉烏哀　埃烏哀
挨烏鞋　俟在士

知
知之希　知之至
智之至　痴丑希

## 示部

示
示時至　視時至
祉時者　祟上稅

票
票秋照　嫖勞天　瓢勞天　漂秋天
漂秋照　飄秋天　標丙天

祭
祭則世　際則世
蔡七代　察丑八

禁
禁見沒　噤見沒
襟欺金

## 禸部

禸
內由九

禹
禹喻語
踽見語

禺
禺喻於　喁喻於　愚喻於　隅喻於　遇言去
寓言去　偶岸九　耦岸九　藕岸九　顒由中

离
离求非
漓求非

離求非　籬求非
魑求非　璃求非

禼
禼心別
禼心別

禽
禽其金
檎其金

## 禾部

禾
禾下戈　和下戈
科非何　和下過

禿
禿太卜
頹同回

秀
秀心又　銹心又　綉心又　琇心又
莠由九　誘由九　透太又

秉
秉丙一

鼻喻 英I 由-Y 可 下-H 見 其-K 啟 其-K' 〇 岸-NG 〇 言-J 之 杖-CH 九 CH' 長-CH' 則 作 TS'

平上去入
天典見別
看慨北八
環樹幻刮
中忽其不
君尹困拔
綸盾溢出
門本半木
今大寸乙
千宰蟾葛
癲黑欠帖
臨斷濫中
金宿沒十
什做閏合
生等幸則
彭棱硬白
橫〇〇或
丁兩正碰
柔小嗦負
中迎動卜
當將壯學
王廣旺國
章兩上約

**秋** 秋七由 愀七由 湫七由 鰍七由 鍫七由 愁時由 揪則由 僦七小

**穡** 穡見西

**穌** 穌心烏 蘇心烏

**秦** 秦前倫 榛則倫 臻則倫 蓁則倫

**稟** 稟未審 稟丙忍 凜未審 廩未審 懍未審

## 穴部

**穴** 穴下乙 袕未淤

**空** 空烏刮 控烏刮

**空** 空可中 椌可中 控可動 倥可動

**寀** 寀由金 深審金 琛審金 探太甑

**突** 突同不

**窄** 窄之則 醡之凿

**窳** 窳烏華

**竄** 竄丑犬

**竈** 竈則瑞

## 立部

**立** 立未甲 拉拉甲 笠拉十 粒拈十 泣英十 颯心甲 翌由甘

**並** 並顛正

**竟** 竟見正 鏡見正 獍見正 境見丙 競共正

**章** 章之章 璋之章 彰之章 樟之章 獐之章 漳之章 嫜之上 障之上

**童** 童同中 僮同中 瞳同中 僮丑中 鐘之中 撞杖狀

**章**

## 竹部

**竹** 竹之卜 竺之卜 篤丁卜

**筑** 筑之卜 築之卜

**答** 答丁甲 搭丁甲 塔太甲

**筮** 筮時世 澨時世 噬時世

**算**

七前TS'|T-大|T'太同|S-心士|S'時諧|F-非扶|內能P-|P'碌磐|P'梏尼|N-位未|L-口明|M

| | | | | | | | | | | | | | | | | | | | | | | |
|---|---|---|---|---|---|---|---|---|---|---|---|---|---|---|---|---|---|---|---|---|---|---|
| 吾五悟○ | 〔三〕如也亞○ | 華寡卦○ | 鞋乃柰○ | 乖夬怪○ | 西洗世○ | 爲鬼位○ | 耶者夜○ | 非彼利○ | 希始至○ | 詞子士○ | 於語去○ | 須取序○ | 垂水稅○ | 哀宰代○ | 囘每雖○ | 烏苦父○ | 刀老路○ | 〔了〕何火個○ | 戈果過○ | 交卯教○ | 由九又○ | 夭小○照 |

質心寸
纂則犬
竊心寸　節節則別　櫛則別
篾明別　籰明忽

## 米部

米米明啟　敉明啟　眯明啟　糜明非
粟粟心卜　粥粥之卜　鬻由卜
粦粦來倫　鱗來倫　遴來倫　轔來倫　鄰來倫　麟來倫　憐來天
粵粵哈乙　粲粲七犯　燦七犯　糞糞非貝

## 糸部

糸糸心詞　細心世　系系下世　係下世　繇見尹　徽非西
素素心路　索索心學　索心則　累累來稅　縲來問　縲拉火　螺來何
騾來何
絜絜見別　潔見別　絲絲心詞
縣縣下全　懸下全　縣下寸　繭繭見典

## 缶部

缶缶非九　䍃䍃由丨　搖由天　窰由天　謠由天　遙由天　徭由天　繇由天

## 㓁部

# 初學粵音切要

鳥喻· | 英由-Y | 可下-H | 見其-K | 敬其-K' | 岸〇-NG | 〇言-J | 之枝-CH | 丑長-CH' | 則在-TS

| 平上去入 | | | | |
|---|---|---|---|---|
| -een | 天 | 典 | 見 | 別 |
| -an | 飡 | 晚 | 犯 | 八 |
| -wan | 環 | 挽 | 幻 | 刮 |
| -un | 申 | 忍 | 員 | 不 |
| -wun | 君 | 尹 | 困 | 骨 |
| -un | 倫 | 唇 | 盡 | 出 |
| -oon | 門 | 本 | 半 | 末 |
| -ün | 全 | 犬 | 寸 | 乙 |
| -on | 干 | 岸 | 翰 | 曷 |
| -eem | 廉 | 點 | 欠 | 帖 |
| -am | 監 | 斬 | 鑑 | 甲 |
| -om | 金 | 審 | 浸 | 十 |
| -om | 甘 | 敢 | 勘 | 合 |
| -ing | 生 | 等 | 幸 | 則 |
| -ang | 彭 | 棒 | 硬 | 白 |
| -wang | 橫 | 〇 | 〇 | 或 |
| -ing | 丁 | 丙 | 正 | 碩 |
| -wing | 榮 | 永 | 詠 | 域 |
| -ung | 中 | 總 | 動 | 卜 |
| -ong | 當 | 綁 | 壯 | 學 |
| -wong | 王 | 廣 | 旺 | 國 |
| -eong | 章 | 兩 | 上 | 約 |

网 网明邦 罔 罔明邦 網明邦 罪 罪在作 罰 罰伏八 罷 罷皮亞 擺內乃 羆內非 羅

㦬來非 羅 羅來何 籮來何 蘿來何 邏來個

## 羊部

羊 羊由章 佯由章 洋由章 恙言上 庠前章 詳前章 翔前章 祥前章 姜見章 羋明彼 羌 羌見章 美 美明彼 羔 羔見刀 羹見生

羕 羕由上 漾由上 樣由上 羞 羞心由 義 義言至 議言始 儀言希 蟻岸彼 羲 羲可希 犧可希 羼 羼丑北

## 羽部

羽 羽喻語 詡可語 栩可語 扇 扇太甲 榻太甲 塌太甲 翁 翁英中 翏 翏來又 謬明又 瘳丑由 膠見交 寥來天 廖來照

璆來刀 嘐來刀 繆明卜 戮來卜 習 習在甲 摺之帖 翕 翕可十 翟 翟大息 糴大息 曜由照 燿由照 糶太照 躍由約 濯杖學 櫂杖則 擢杖教

## 老部

老 老來老 考 考可卯 拷可交 者 者之者 赭之者 著之去 著之約 堵丁老 覩丁老 睹丁老 賭丁老 都丁鳥 屠同刀 踏之也 儲長於 煮之語 渚之語

粵音切要

七 TS' | 丁大 T- | 太同 T' | 心士 S- | 審時 S' | 非扶 F- | 西並 P- | 𠵱 P' | 粘尼 N- | 拉來 L- | 乜明 M-

香五悟○ 加也亞○ 華寨卦○ 鞋乃界○ 乖夬怪○ 西敝世○ 爲鬼位○ 耶者夜○ 非彼利○ 希始全○ 詞子士○ 於朝去○ 須取序○ 垂水稅○ 哀宰代○ 囘每罪○ 鳥若爻○ 刀老路○ 何火個○ 戈果過○ 交卯教○ 由九又○ 天小○廟

猪之於諸之於箸杖去楮丑語暑審語 署時御曙士語緒士語薯時於 者 者曾共希奢審希 睹時至

# 而部

而 而言希耍審也 䎡尼代 耎 耎言犬 耑 耑丁全端丁全遄士全顓之全湍太倫 喘丑犬瑞士祝惴丑水揣丑水

# 耒部

耒 耒耒代 誄耒代 耤 耤作息藉作息 籍作息

# 耳部

耳 耳言始餌言至刵言至 咡言至恥丑始 耴 耴之帖 輒之帖 耶 耶由耶椰由耶 爺由耶 耿 耿見等 㷡見等 聖 聖審正 聚 聚作序 驟杖又 聶 聶尼帖囁之帖 攝審帖 懾審帖 聽 聽太正廳太丁 𦗻太丁

# 聿部

聿 聿來出律來出筆丙不 肆心士津則倫 肅 肅心卜繡心又嘯心照 簫心天 蕭心天

三三

烏 喻 · | 英 由 Y- | 可 下 H- | 見 共 K- | 敬 共 K'- | ○ 岸 NG- | ○ 言 J- | 之 杖 CH- | 且 長 CH'- | 則 在 TS'-

平上去入
-een 天典見別
-an 伶晚鬼八
-wan 環挽幻刮
-un 申忍貝不
-wun 君尹困竹
-un 倫盾盎出
-oon 門本寧末
-ün 全犬寸乙
-on 千罕幹乃
-em 森黔欠帖
-im 監斬鑑甲
-om 金甾泛十
-an 甘敢鴿合
-ing 生等幸則
-ang 彭棒硬白
wang 橫○○喊
-ing 丁丙正碻
wing 榮永咏籍
-ung 中總動卜
-ong 當捌壯學
wong 王廣旺國
-oong 卑由上約

# 肉部

肉 肉由卜　肏 肦由不 胖由不 肦由不　肖 肖七照 誚七照 趙杖照 宵心天 逍心天 消心天 銷心天 霄心天 䏴審交 梢審交 蛸審交 稍審交

悄七小 峭七小 俏七小 削心約　肙 肙烏全 娟見全 捐見全 涓見全 絹見寸　肥 肥扶非　肩 肩見天　肯 肯可等

育 育由卜　肴 肴岸交 殽岸交 淆岸交 餚岸交　胃 胃喻位 謂喻位　胡 胡喻烏 瑚喻烏 湖喻烏 糊喻烏　胤 亂由貝

胥 胥心須 諝心須 婿心世 壻心世　脅 脅大個 惰大個　能 能尼生 熊下中 態太界　脅 脅可帖　脊 脊則息 瘠則息

鶺則息　羸 羸拉火 羸由丁 羸由丁 瀛由丁 嬴來同

# 臣部

臣 臣時申 嚚岸申 宦喻幻　臣 臣喻希 頤喻希 姬見希 熙可希　臤 臤下天 賢下天 堅見天 慳可伶 鏗可生 竪時去 豎時去 腎時忍 緊見忍

臧 臧則當 贓則當 藏前當 臟在非　臥 臥岸個

# 自部

初學粵音切要　三十四

初學粵音切要　三十四

七清 TS' 丁 T' 大 太同 T 心 士 S 書時 Sh 非 快 F 內 盲 P 照零 P' 拍 尼 N 拉 來 L 口 明 M

香五俁○　加也亞○　華寡卦○　鞋乃界○　乖夬怪○　西做世○　爲鬼位○　耶者夜○　非彼利○　希始至○　洞了士○　於語去○　須取序○　垂水稅○　哀宰代○　回每罪○　烏苦父○　刀老路○　何火個○　戈果過○　交卯教○　由九又○　天小照○

自　自在士　洎見至　䭟可乇

臬　臬言別

臭　臭丑又　糗丑又

皐　皐見刀　翱見刀　嗥見老

臱　臱明天

至部

至　至之至　侄似不　姪似不　桎似不　窒似不　室省不　絰大別　垤大別　耋大別

致　致之至　緻之至

臺　臺同哀　擡同哀　檯同哀

臼部

臼　臼其九　舅其九　舊其又

臽　臽下鑑　陷下鑑　諂之點　焰言欠　燄言欠　閻言廉

臾　臾喻於　諛喻於　庾喻語

臿　臿丑甲　插丑甲

歃下甲

舀　舀由小　謟太刀　滔太刀　慆太刀　韜太刀　稻大路　蹈大路

舁　舁喻於

舂　舂之中　椿之當

舄　舄心息

𦥯　𦥯○○　學下學　覺見學　攪見卯　斅下教

與　與喻語　輿喻去　歟喻於　旟喻於　輿喻於　礜喻去　舉見語　嶼心取

興　興可丁

舌部

舌　舌時別　括見末　聒見末　佸見末　活下末　闊可末　恬同廉　甜同廉　餂同點　刮見剟

舍　舍書夜　舍書者　捨書者

舛部

| 韻論 | 平上去入 |
|---|---|
| -een | 天典見別 |
| -an | 番晚犯八 |
| -wan | 環挽幻刮 |
| -an | 申忍艮不 |
| -wan | 君尹困骨 |
| -un | 倫盾盡出 |
| -oon | 門本半末 |
| -ün | 全犬寸乙 |
| -on | 干罕翰曷 |
| -eem | 廉點欠帖 |
| -am | 監斬鑑甲 |
| -um | 金審浸十 |
| -om | 甘敢勘合 |
| -ang | 生等幸則 |
| -aang | 彭棒硬白 |
| -wang | 橫○○或 |
| -ing | 丁丙正極 |
| -wing | 榮永咏□ |
| -ung | 中總動卜 |
| -ong | 當捫壯學 |
| -wong | 王廣旺國 |
| -eong | 香兩上約 |

英由Y- 可下H- 見其K- 啟其K'- ○岸NG- ○宵J- 之杖CH- 孔長CH'- 則在

## 舛部

舛 舛凡犬

舜 舜術盡 瞬術盡

䑞 䑞下不

## 舟部

舟 舟之由

般 般丙門 搬丙門 般盤門 盤盤門 磐盤門

## 色部

色 色術息 絕前乙 艷由欠

## 艮部

艮 艮見艮 恨下艮 跟見申 根見申 痕下申 垠岸申 銀岸申 眼岸晚 狠可忍 墾可忍 懇可忍 齦見肯 限下犯

良 艮未章 粮未章 娘尼章 稂未當 狼未當 琅未當

朗未爽 浪未壯

## 艸部

艸 艸七老

芻 芻丑何 雛前何 趨七須 鄒則由 騶則由 皺則又 縐則又

苗 苗明夭 描明夭 錨明夭 貓明夭

若 若言約 諾尼學

惹言者

英 英英丁 瑛英丁

茶 茶長加 搽長加

茸 茸由中

荒 荒非當 謊非爽 慌非當

莫 莫明學 寞明學

漠明學 模明鳥 幕明學 慕明父 膜明學 暮明父 摸明學 募明父 模明鳥 幕明父

莽 莽明爽 蟒明爽

業 業言帖 樸篇學 僕並卜 樸篇學

董 董見忍 謹見忍

七韻 TS' 丁 大 T- 太 同 T' 心 士 S- 詩 時 S' 非 扶 F- 內 乃 P- 篇 婢 P' 枯 尼 N- 枯 求 L- 乜 明 M-

| | | | |
|---|---|---|---|
| ng | 吾五悟 | ○ |
| [a] | 加也亞 | ○ |
| wa | 華寡卦 | ○ |
| ai | 鞋乃界 | ○ |
| wai | 乖夬怪 | ○ |
| y | 西洗世 | ○ |
| wy | 爲鬼位 | ○ |
| ea | 耶者夜 | ○ |
| ey | 非彼利 | ○ |
| e | 希姊爹 | ○ |
| ze | 詞子士 | ○ |
| ü | 於語去 | ○ |
| üy | 須取序 | ○ |
| ey | 垂水稅 | ○ |
| oy | 哀宰代 | ○ |
| oey | 囘海罪 | ○ |
| o | 烏苦父 | ○ |
| o | 刀老路 | ○ |
| [o] | 何火個 | ○ |
| wo | 戈果過 | ○ |
| ao | 交卯教 | ○ |
| au | 由九又 | ○ |
| eu | 夭小笑 | ○ |

饉見忍　㦗見忍　僅見忍
覲見艮　勤共中　懃共中

華　華喻華　華爲華　譁爲華　樺冶帖

莫　莫○○　漢可喻　暵太犯　歎太犯

蔄　蔄明門　𥉮明門　滿明本　𣿰明半

萬　萬明犯　蠆丑界　邁明界　蠆丁皆

蒙　蒙明中　濛明中　曚明中　朦明中　矇明中

蒦　蒦非亞　謢喻交　穫下國　䉟下國　嫙下國

蔑　蔑明別　蠛明別　襪明八

薛　薛心別　孼言別　櫱言別

薦　薦則見

薨　薨見揔

薩　薩心八

# 虍部

虍　虍非烏　膚非烏

虎　虎非苦　琥非苦　彪丙由

虐　虐言約　瘧言約　謔由約

虒　虒心詞　褫丑希　遞大世

虔

虔其天

虖　虖非烏　嘑非烏

虘　虘前何　䖪七序

虛　虛可於　墟可於　噓可於

虜　虜未老　擄未老

虗　虗可希　戲可至

# 虫部

虫　虫爲鬼　蟲長中　融由中　螽之中

虱　虱衛不

蚤　蚤則老　搔心刀　騷心刀

蚩　蚩丑希　嗤丑希

蜀　蜀時卜　燭之卜

濁杖卜　䠱丑卜
獨大卜　髑大卜

蠡　蠡未水

蠱　蠱見苦

# 血部

# 行部

| 烏喻 | 英由 Y- | 可下 H- | 見其 K- | 敬其 K'- | ○岸 Ng- | ○言 J- | 之杖 CH- | 丑長 CH'- | 則在 T- |
|---|---|---|---|---|---|---|---|---|---|

| | 平上去入 |
|---|---|
| -een | 天典見別 |
| -an | 冷晚犯八 |
| -wan | 環挽幻刮 |
| -an | 中忍艮不 |
| -wan | 君尹困骨 |
| -un | 倫盾蓋出 |
| -oon | 門本半末 |
| -un | 今犬寸乙 |
| -on | 干罕翰邑 |
| -eem | 廉焰欠帖 |
| -am | 監斬鑑甲 |
| -um | 金審浸十 |
| -om | 甘敢勘合 |
| -ang | 生等幸則 |
| -ang | 彭棒硬白 |
| -wang | 橫○○或 |
| -ing | 丁丙正碩 |
| -wing | 榮永咏亦 |
| -ung | 中總動卜 |
| -ong | 欲綁壯學 |
| -wong | 王廣旺國 |
| -eong | 章兩上約 |

**血** 血可乙 洫見盗 恤心出 卹心出

**行** 行下當 行下孝 行下生 珩下生 衡下生 桁可彭

**衍** 衍英典 愆可天

## 衣部

**衣** 衣英希 衣英至 依英希 哀烏哀 褒丙由

**表** 表丙小

**衰** 衰留乖 榱留乖 衰七回 縗七回

**袁** 袁喻全 園喻全 猿喻全 轅喻全

**遠** 遠喻犬 遠喻才

**袞** 袞見尹 滾見尹

**裔** 裔由稅

**褱** 褱喻平 懷喻華 壞喻怪

**襄** 襄心章 鑲心章 驤心章 曩尼朔 穰言章 攘言章

壞言從 讓言上 嚷言上 釀言上

## 襾部

**襾** 襾烏亞

**西** 西心西 哂留界 洒留也 晒丑忍 廼尼乃

**要** 要英照 要英天 腰英天

**䙴** 䙴心天 遷七天 僊心天 韆七天

蹮七天

**覃** 覃同監 覃七金 潭同監 簟同點

## 見部

**見** 見———見可見 現可見 硯言見

**規** 規敬鳥 窺敬鳥

**覓** 覓明息

**親** 親七申 櫬七良 襯七良

**覽** 覽米斬 覽米纖

七前TS'｜丁T｜大T-｜太同T'｜心士S-｜晉時S'｜非扶F-｜丙蒲P-｜播磐P'｜拈尼N-｜拉來L-｜口明M-

ng 吾五悟○
[a̤] 加也亞○
wa 華寡卦○
ae 鞋乃界○
wae 乖夬怪○
y 西啟世○
wy 爲鬼位○
ä 耶者夜○
ay 非彼利○
i 希始至○
ze 詞子士○
ü 於語去○
uy 須取序○
ooy 垂水稅○
oy 哀宰代○
ooey 陪每罪○
o 烏苦父○
o 刀老路○
[o] 何火個○
wo 戈果過○
aoo 交卯教○
ow 由九又○
ew 夭小照○

纜未鑑 覽拉斬

# 角部

角 角見學 桷見學 斛下卜
解 解見乃 解見界 廨見乃 蟹下乃 邂下乃 懈下界

# 谷部

谷 谷見卜 俗在卜 郤敬約 綌見錯 浴由卜 欲由卜 慾由卜 裕喻去

# 言部

言 言官夭 唁言見 信心益 這之夜
訇 訇見橫 韖見卜
詈 詈未利
話 話喻卦
詹 詹之廉 瞻之廉 襜之廉 蟾時廉
譫喻廉 囈丁斬 譖大鑑 賺時欠 擔丁監
䜌 䜌未全 孿未全 孌未全 鸞未全 欒拉全 攣拉全 孿拉犬 戀未寸 蠻明介 變丙見 彎烏環 灣烏環

# 豆部

豆 豆同又 逗同又 痘同又 頭同由 荳同又 短丁犬
豈 豈可始 剴見哀 凱可宰 敳岸哀 愷可宰 覬見至 鎧可宰
登 登丁生 燈丁生 凳丁生 橙長彭
澄杖丁 證之正 凳丁辛
豊 豊未啟 禮未啟 醴未啟 體太啟
豐 豐非中

# 豕部

| 烏喻 | 英由Y- | 何下H- | 見其K- | 啟其K'- | ○岸NG- | ○言J- | 之秋CH- | 凡長CH'- | 則在TS- |
|---|---|---|---|---|---|---|---|---|---|

| 平上去入 | -ien | -an | -wan | -ăn | -wăn | -un | -un | -ün | -on | -im | -am | -um | -om | -ang | -ang | -wang | -ing | -wing | -ung | -ong | -wong | -eong |
|---|---|---|---|---|---|---|---|---|---|---|---|---|---|---|---|---|---|---|---|---|---|---|
| | 天典見別 | 冷晚犯八 | 環挽幻刮 | 申忍貝不 | 君尹困掘 | 倫侶遜出 | 門本半末 | 全犬寸乙 | 干罕翰曷 | 兼點欠帖 | 監斬鑑甲 | 金審沁十 | 甘敢勘合 | 生等幸則 | 彭棒硬白 | 橫○○或 | 丁丙正碩 | 榮永詠泉 | 中總動卜 | 當倘壯學 | 王廣旺國 | 疆兩上約 |

豕 豕丑跥
豖 豖丑卜 琢丁約 啄丁約 諑丁約 涿丁約
豙 豙岸世 毅岸世
豚 豚同仝
象 象在上 像在上

椽在上
豦 豦其於 劇其石 據見去 遽見去
豩 豩內申 豳內申
豪 豪下刀 壕下刀

# 貝部

貝 貝丙罪 敗匪界
貞 貞之丁 楨之丁 禎之丁 偵之丁
負 負扶父
貨 貨心火 瑣心火 鎖心火
貢 貢見動

貪 貪太監
貫 貫見半 貫見幻 慣見幻 實非不
責 責之則 漬七士 債之界 勣則息 積則息 蹟則息 績則息 嘖則息
貳 貳育至 樲言至

膩育至
貴 貴見位 遺喻位 選喻爲 匱其位 櫃其位 簣其位 饋其位 噴同回 濆非罪 噴非罪 噴非罪 磺非罪
買 買明乃 賣明界
賁 賁丙中 賫丙利

墳扶中 憤扶忍 噴非艮
賈 賈見亞 賈見若 價見亞
賊 賊在則
眼 眼英丁
賓 賓丙中 濱丙中 鑌丙中 檳丙中

鬢丙艮 殯丙艮 嬪丙艮 嬪丙艮
賣 賣由卜 瀆大卜 犢大卜 讀大卜 竇大卜 謔大卜 牘大卜 覿非卜 續在卜 覿大息 竇大又
賞 賞審兩 償長章
質

質之不 質之至 躓之至
賴 賴未界 獺拉界 懶未換 瀨丑八
賚 賚則西
贊 贊則犯 瓚則犯 讚則犯 纘則犬 鑽則寸 欑前仝
贔

贔匪利
贛 贛見敢 戇烏壯

# 豸部

豸 豸杖界 豺長鞋

| 七TS' | 前TS | 丁T | 大T' | 太T' | 同T | 心S | 士S | 審S' | 時S | 非F | 扶F | 丙P | 鼻P' | 稀P' | 婆P' | 拈N | 尼N | 拉L | 來L | 乜M | 明M |
|---|---|---|---|---|---|---|---|---|---|---|---|---|---|---|---|---|---|---|---|---|---|
| 香五悟○ | 加也啞○ | 箴森卦○ | 鞋乃界○ | 乖央怪○ | 西敬世○ | 居鬼佐○ | 耶者夜○ | 非彼利○ | 希始色○ | 詞子士○ | 於語去○ | 須取序○ | 垂水稅○ | 哀宰代○ | 回每罪○ | 烏苦父○ | 刀老路○ | 何火個○ | 戈果過○ | 交卯教○ | 由九又○ | 夭小𦕅○ |

# 赤部

赤　赤丑𡵘　赧拈擭

赦　赦審夜　螫丑息

赫　赫可則　嚇可的

# 走部

走　走則九　徒同刀

# 足部

足　足則卜　足在序　捉則卜　捉之約　促七卜

路　路未路　露未路

# 身部

身　身審申

# 車部

車　車見於　車丑叩　㯃杖良

軍　軍見君　渾喻君　𨍭非內　輝非西　暈喻因　揮非西　運喻國

輦　輦未辦

轟　轟見横

䜌　䜌丙利

# 辛部

辛　辛心申　騂心丁　莘心申　梓則子

辟　辟丙息　霹巫息　璧丙息　躄乜白　壁丙息　避並利　僻巫息　擗巫息　闢巫息　甓丙利　譬丙利　嬖巫利

辨　辛並典　辨並見

辯　辯並見　辦並犯　辮丙天

| 平上去入 | -een | -an | -wan | -ăn | -wăn | -un | -oon | -ün | -on | -eem | -am | -um | -om | -ăng | -ang | -wang | -ing | -wing | -ung | -ong | -wong | -eong |
|---|---|---|---|---|---|---|---|---|---|---|---|---|---|---|---|---|---|---|---|---|---|---|
| | 天典見別 | 伶晚犯八 | 環挽幻刮 | 申忍艮不 | 君尹閏骨 | 倫呂盡出 | 門本半末 | 全犬寸乙 | 干笴翰曷 | 廉點欠帖 | 監斬濫甲 | 金審浸十 | 甘敢憾合 | 生等幸則 | 彭棒硬白 | 橫○○或 | 丁丙正碩 | 榮永咏袞 | 中總轆卜 | 當綁北學 | 王廣旺國 | 章兩上約 |

鳥喻· | 英由Y- | 可下H- | 見共K- | 啟其K'- | ○岸NG- | ○賓J- | 之杖CH- | 丑長CH'- | 則在TS-

## 辰部

**辰** 辰時申 宸時申 晨時申 蜃時忍 娠之艮 振之艮 震之艮 賑之艮 唇時倫 脣時倫

**辱** 辱由卜 褥由卜 耨尼叉 薅可刀

**農** 農尼中 儂尼中 膿尼中 濃尼中

## 辵部

**辵** 辵丑約

**迷** 迷明西 謎明世

**追** 追之垂 棰長垂 縋長垂 縋杖稅

**退** 退太罪 腿太罪

**逐** 逐杖卜

**造** 造在路 造七路

**逢** 逢扶中 縫扶中 蓬篷中

**連** 連未天 鏈未天 漣未天 蓮未天 璉未典

**進** 進則盡 暹七廉

**遺** 遺前垂 隨前垂

髓心水

**遂** 遂上稅 隧杖稅 隧大罪 隊大罪

**過** 過見過 過見戈

**達** 達大八 撻太八

**遝** 遝大甲

**遣** 遣可典 譴可典

**邊** 邊丙天 籩丙天

## 邑部

**邑** 邑英十 悒英十

**邕** 邕英中 雝英中 雍英中

**邛** 邛其中

**那** 那尼何 那尼火 挪尼何

**邦** 邦丙當 梆丙當 幫丙當 綁丙綁

**邪** 邪前耶

**郎** 郎來當 廊來當 榔來當

**郭** 郭見國 槨見國 廓啟國

**鄉** 鄉可章 嚮可兩 響可兩 饗可兩

# 初學粵音切要

| | | | | | | | | | | |
|---|---|---|---|---|---|---|---|---|---|---|
| 七節TS' | 丁大T | 太同T' | 心士S | 審時S' | 非扶F | 內爸P | 婆P' | 怙尼N | 拉來L | 咀明M |

香五恰○ 加也亞○ 花寡掛○ 街乃界○ 乖丸怪○ 西啟世○ 歸鬼位○ 耶者夜○ 非彼利○ 希始至○ 詞子士○ 於語去○ 須咀序○ 垂水稅○ 哀宰代○ 四[illegible]○ 烏苦父○ 刀老路○ 何火個○ 戈[illegible]過○ 交卯教○ 由九又○ 夭小[illegible]○

鄧可爾

**鄭** 鄭杖正 擲杖白 躑杖白

## 酉部

**酉** 酉由九 酒則九 醜丑九

**酋** 酋在由 猶由一 猷由由 楢由由

**釁** 釁由艮

## 釆部

**釆** 采七宰 採七宰 彩七宰 綵七宰 菜七代

## 里部

**里** 里未彼 俚未彼 哩未彼 理未彼 鯉未彼 娌未彼 裏未彼 裡未彼 厘未非 貍未非 悝非回 埋明斜

**重** 重杖動 重長中 種之動 穜之總 腫之總 踵之總 董丁總 動大動 慟大動 鍾之中 衝丑中

**野** 野由者

**量** 量未章 量未上 糧未章

## 金部

**金** 金見金 錦見審 銜下瞼

## 長部

**長** 長長章 長之兩 張之章 棖長彭 痕之上 帳之上 漲之上 悵之上 脹之上

## 門部

**門** 門明門 們明門 捫明門 悶明半 閂[illegible] 閃[illegible] 燜[illegible] 閩明申 閒明申 閒明艮 間明艮 闇岸中

**閏** 閏由[illegible] 潤由[illegible]

**閑** 閑下[illegible] 嫻下[illegible]

**閉**

| 烏喻 | 英由 Y- | 可下 H- | 見其 K- | 敵共 K'- | 〇岸 NG- | 〇宮 J- | 之杖 CH- | 丑長 CH'- | 則在 TS- |
| --- | --- | --- | --- | --- | --- | --- | --- | --- | --- |

| | 平上去入 |
| --- | --- |
| -iün | 天典見別 |
| -an | 冷晚犯八 |
| -wan | 環挽幻刮 |
| -an | 申忍艮不 |
| -wün | 君尹困爵 |
| -ün | 倫屁盜出 |
| -oon | 門本半末 |
| -ün | 全犬寸乙 |
| -on | 干罕翰曷 |
| -eem | 廉點欠帖 |
| -am | 監斬鑑甲 |
| -om | 金嚮浸十 |
| -om | 甘敢勘合 |
| -ing | 生等幸剛 |
| -ang | 彭棒硬白 |
| -wang | 横〇〇彧 |
| -ing | 丁丙正碩 |
| -wing | 榮永咏𠔃 |
| -ung | 中總動卜 |
| -ong | 當㧡壯學 |
| -wong | 王廣旺國 |
| -eong | 章兩上約 |

閒 見冷 閒 見犯 閒 下冷 澗 見犯 簡 見晚 癇 下冷 覸 可晚 蘭 来冷 讕 来冷 爛 来犯

闖 闖 丑㕯 闖 士審

閔 閔 明忽 憫 明忽

閵 閵 来盡 藺 来盡 躪 来盡

闌 闌 来冷 欄 来冷 攔 来冷 瀾 来冷

## 阜部

阜 阜 扶又

阿 阿 烏何

陋 陋 来又

陰 陰 英金 陰 英浸 蔭 英浸

陳 陳 杖中 陳 杖艮 陳 杖中

隆 隆 来中

隋 隋 大個 隨 在垂 隋 大個

## 隶部

隶 隶 大世 逮 大世 棣 大世 隸 大代 隷 来世 隸 大世

## 隹部

隹 隹 之垂 錐 之垂 萑 之垂 萑 喻全 椎 長垂 雖 心垂 誰 時垂 推 丑垂 售 時又 雀 則約

唯 喻為 惟 喻為 帷 喻為 維 喻為 堆 丁回 推 大回 碓 丁罪 睢 烏為 準 之盾 准 之盾 隻 之石 唯 喻鬼

隺 隺 下學 鶴 下學 確 敬學

雁 雁 岸犯 鴈 岸犯

集 集 在甲 雜 在甲

雇 雇 見父 顧 見父 僱 見父

雋 雋 則盡 鐫 則盡 儁 則盡

雍 雍 英中 壅 英中 饔 英中 甕 英總 擁 英總 罋 烏動

雁

膺 英丁 膺 英丁 鷹 英丁 應 英止

雔 雔 長由 讎 長由

雙 雙 之[illegible]

雚 雚 見半 鑵 見半 灌 見半 歡 非門 懽 非門 驩 非門 觀 見門 觀 見半

| 七前 TS' | 丁大 T- | 太同 T' | 心士 S- | 審時 S' | 非扶 F- | 丙並 P- | 稿磐 P' | 拈尼 N- | 拉来 L- | 乜明 M- |
| --- | --- | --- | --- | --- | --- | --- | --- | --- | --- | --- |

| | | | | | | | | | | | | | | | | | | | | | | |
| --- | --- | --- | --- | --- | --- | --- | --- | --- | --- | --- | --- | --- | --- | --- | --- | --- | --- | --- | --- | --- | --- | --- |
| ng | [illegible] | [illegible] | [illegible] | [illegible] | [illegible] | [illegible] | [illegible] | [illegible] | [illegible] | [illegible] | [illegible] | [illegible] | oey | oy | ooy | [illegible] | [illegible] | [illegible] | [illegible] | ou | [illegible] | [illegible] |
| 吾五悟○ | 加也亞○ | 佳解卦○ | 鞋乃界○ | 乖夬怪○ | 西洗世○ | 雖鬼位○ | 耶者夜○ | 非彼利○ | 希始至○ | 詞子士○ | 於語去○ | 須取序○ | 垂水稅○ | 哀宰代○ | 回每罪○ | 烏苦父○ | 刀老路○ | 何火個○ | 戈朵過○ | 交卯教○ | 由九又○ | 夭小照○ |

權其全　勸可寸　巂 巂其局 攜其局　難 難尼衿 攤太衿 難尼犯 灘太晚 儺尼何

# 雨部

雨 雨喻語 雨喻去　雩 雩喻於　雪 雪心乙　雷 雷來回 檑來回　電 電大見　需 需心須 儒喻於

嚅喻於 孺喻去 懦尼個　霍 霍敬國　霜 霜心章 孀心章　霸 霸丙亞　靈 靈來丁

# 青部

青 青七丁 請七丙 清七丁 靖在正 精則丁 淸七正 睛則丁 靛大見 晴前丁 倩士見 情前丁 猜丑鞋

# 非部

非 非非一 排磐鞋 蜚非一 匪非彼 霏非一 篚非彼 扉非一 翡非彼 腓扶非 菲非彼 悲丙非 誹非彼 徘磐鞋 斐非彼 俳磐鞋 輩丙罪　靡 靡明彼

# 面部

面 面明見 湎明典 緬明見 靦明典 麵明見

# 革部

革 革見則 覊見希

| 烏喩· | 英由-Y | 可下-H | 見共-K | 啟共-K' | ○岸-NG | ○言-J | 之杖-CH | 丑長-CH' | 則在-TS' |
|---|---|---|---|---|---|---|---|---|---|

平上去入
-eem 天典見列
-an 翻晚犯八
-wan 環挽幻刮
-an 申忍艮不
-wun 君尹困骨
-un 倫盾遁出
-oon 門本半末
-ün 全犬寸乙
-on 干罕翰曷
-eem 廉點欠帖
-am 監斬鑑甲
-am 金審浸十
-om 甘敢勘合
-ang 生等幸則
-ang 彭棒硬白
-wang 橫○○或
-ing 丁丙正碩
-wing 榮永咏[illegible]
-ung 中總動卜
-ong 當捞壯學
-wong 王廣旺國
-eong 章兩上約

## 韋部

韋 韋喩爲 闈喩爲 違喩爲 闈喩爲 幃喩爲 衞喩位 韙喩鬼
偉喩鬼 緯喩鬼 葦喩鬼 煒喩鬼 諱非世 韓下干

## 非部

非 非見九 [illegible] [illegible]前合
[illegible] [illegible]下界 [illegible]下界
韱 韱七廉 纖七廉 殲七廉
鑯七廉 懺丑鑑 讖七浸

## 音部

音 音英金 喑英金 瘖英金 歆英金
暗烏勘 闇烏敢 諳烏敢 諳烏甘

## 頁部

頁 頁可帖
頃 頃啟丙 傾啟丁
穎喩咏
項 項下壯
須 須心須 鬚心須
髾心刀
頪 頪未稅
纇未稅
纇未稅
頻 頻符中 蘋符中 瀕符中
顰符中 嚬符中
顚 顚丁天 巔丁天
癲丁天

## 風部

## 飛部

## 首部

初學粵音切要 巳上

# 初學粵音切要

吾五悟○ 加也亞○ 華寡卦○ 非乃界○ 乖共怪○ 西敬世○ 爲鬼位○ 耶者夜○ 非彼利○ 希始至○ 詞子士○ 於語去○ 須取序○ 垂水稅○ 哀宰代○ 回每罪○ 烏苦父○ 刀老㴾○ 何火個○ 戈果過○ 交卯教○ 由九又○ 夭小𢄼○

## 風部

風 風非中 楓非中 瘋非中 諷非動 鳳扶動 嵐朮監

飛 飛非一

首 首審九 首審又 道大老 道大路 導大路

## 食部

食 食時息 食在上 蝕時息 飾審息 飭審息 飡七介 飧心全

養 養喻兩 養喻上 癢喻兩

## 香部

香 香可章

## 馬部

馬 馬明也 媽明也 嗎明加 瑪明也 碼明也 罵明亞

馮 馮擎生 馮扶中 憑擎生

驫 驫卅之去

## 骨部

骨 骨見骨 滑喻刮 猾喻刮

## 高部

高 高見刀 蒿見刀 篙見刀 膏見刀 膏見路 藁見老 犒見老 槁見老 稿見老 敲可交 犒可路

## 髟部

髟 髟丙夭

## 鬥部

鬥 鬥丁又

## 鬯部

鬯 鬯丑上 鬱 鬱烏骨

## 鬲部

鬲 鬲見則 隔見則 翮由息 鬻 鬻前金

## 鬼部

## 鹵部

三

| 烏喻 | 英由 Y- | 可下 H- | 見共 K- | 敬共 K'- | 岸○ NG- | 言○ J- | 之杖 CH- | 丑長 CH'- | 則在 TS- |
|---|---|---|---|---|---|---|---|---|---|

| | |
|---|---|
| | 平上去入 |
| -een | 天典見別 |
| -an | 冷晚犯八 |
| -wan | 環挽幻刮 |
| -ăn | 申忍艮不 |
| -wăn | 君尹困竒 |
| -ŭn | 倫居蓋出 |
| -oon | 門本半末 |
| -ün | 全犬寸乙 |
| -on | 干罕翰曷 |
| -eem | 廉點欠帖 |
| -am | 監斬鑑甲 |
| -ăm | 金瀋浸十 |
| -om | 甘敢勘合 |
| -ăng | 生等亨則 |
| -ang | 彭棒硬白 |
| -wang | 橫○○或 |
| -ing | 丁丙正碩 |
| -wing | 榮永咏戛 |
| -ung | 中總動卜 |
| -ong | 當捹壯學 |
| -wong | 王廣旺國 |
| -eong | 章兩上約 |

鬼 鬼見鬼 魄敬位 塊非界 瑰非界 魁非冋 嵬非冋 隗非冋 隗喻每 槐喻灰

鹵 鹵未若

鹽 鹽由嫌

## 魚部

魚 魚言於 漁言於

魯 魯未老 櫓未老

鮮 鮮心天 鮮心典 癬心典 蘚心典

梟扶烏

## 鳥部

鳥 鳥尼小 鳴明丁 嶋尼小

## 鹿部

鹿 鹿未卜 麓拉卜 麋烏交 麤七刀 麁七刀 麀英由 麈長申

麃 麃丙天

麗 麗未世 儷未世 灑審也 邐未彼

## 麥部

麥 麥明則

## 麻部

麻 麻明加 蔴明加 痲明加 磨明個 磨明何 魔也何 摩也何 麼也何 麾非西 縻明彼 糜明非

## 黃部

黃 黃下王 黌下王 橫下王 潢下王 橫喻橫 橫喻橫 黌下中

## 黍部

黍 黍審語

黎 黎未西 犂未西 黏未西

## 黑部

黑 黑可則 墨明則 默明則 嘿明則

黨 黨丁绑 讜丁绑 儻太绑

| TS' 七前 | T 丁大 | T' 太岡 | S 心士 | S' 畜時 | F 非扶 | P 丙爸 | P' 稿磐 | N 拈尼 | L 拉耒 | M 乜明 |
|---|---|---|---|---|---|---|---|---|---|---|

| | |
|---|---|
| 'ng | 吾五悟○ |
| -[ɔ] | 加也亞○ |
| -wa | 華寡卦○ |
| -ai | 鞋乃界○ |
| -wai | 乖拐怪○ |
| -ai | 西洗世○ |
| -wy | 爲鬼位○ |
| -e | 耶者夜○ |
| -ey | 非彼利○ |
| -i | 希始至○ |
| -ze | 詞子士○ |
| -ü | 於語去○ |
| -öy | 須取序○ |
| -oey | 垂水稅○ |
| -oy | 哀宰代○ |
| -ooy | 回每罪○ |
| -oo | 烏苦父○ |
| -o | 刀老路○ |
| -[ɔ] | 何火個○ |
| -wo | 戈果過○ |
| -au | 交卯敎○ |
| -ow | 由九又○ |
| -iw | 夭小照○ |

黹部
黹 黹之至

黽部
黽 黽明忍 繩時丁 蠅由丁

鼎部
鼎 鼎丁丙

鼓部
鼓 鼓見若 瞽見若

鼠部
鼠 鼠書語

鼻部
鼻 鼻並利 劓宜至

齊部
齊 齊前西 劑則西 櫅則西 躋則西 齎則西 齋之鞋 儕長鞋 濟則世 霽則世 薺前改

齒部
齒 齒丑始

龍部
龍 龍來中 籠來中 聾來中 朧來中 寵丑總 壟來總 隴來總 龐[illegible] 襲在甲

龜部
龜 龜見爲 鬮見由

龠部
龠 龠由約 籥由約 鑰由約 禴由約 籲由約

初學粵音切要　終

# 錯遺備考

第一篇五行且字下加睢(則須切) ○一二篇環幻挽刮韻印亂。二篇十行加駭(下代) ○三篇五行晃(非𠕇) 六行克部加尅(可則) 攺說(溜乙) 十三行加謚(時至) 十五行腆(同典) 十七行加迥(見永) ○四篇九行加份(扶艮) ○五篇四行匝部加𠤷(非烏) 十二行棹(杖效○又丑約) 十七行卬宜作卬。十八行卷部加惓(共全) 棬(可全) ○七篇二行加銘(明丁) 十二行加禪(時見) ○九篇十二行加教(見交) ○十篇十五行尨(明當) ○十一篇廿行加帥(溜出) ○十二篇二行弁(皮丁) 三行加屏(叢丁) 十一行鐮(未廉) 十三行延部蜓宜改作蜒。十六行廾部加畚(內本) ○十三篇首行加搦(尼益) 嫋(尼小) ○十四篇六行戶部加大字扂(烏則) ○十八篇十四行僞(牙世) ○二十篇十二行唊(共屬) ○廿一篇十行石部加大字砉(喻威) ○廿五篇九行加謊(非當) 十一行莿字宜入冂部今錯入艸部○廿六篇四行加壞(頁兩) ○廿七篇八行嬪(內申) 十二行走部加陡(丁九) 十六行篳(未黜) ○廿九篇四行陳(長申) 九行加鏋(則全)

初學粵音切要

| | | |
|---|---|---|
| 1 | 香港百年史（一九四八） | 黎晉偉 |
| 2 | 最新香港指南（一九五零） | 湯建勛 |
| 3 | 香港掌故（一九五九） 附 香港歷史（一九五三） | 黃燕清 |
| 4 | 香港雜記（一八九四光緒原版） | 陳鏸勳 |
| 5 | 香港百年（一八四一—一九四一） | 劉國英 |
| 6 | 澳門地理（一九四六） | 何大章、繆鴻基 |
| 7 | 香港——東方的馬爾太（一九二九） | 李史翼、陳湜 |
| 8 | 港僑須知（一九三三）上 | 戴東培 |
| 9 | 港僑須知（一九三三）下 | 戴東培 |
| 10 | 香港金融（一九四零） | 姚啟勳 |
| 11 | 香港九龍便覽附粵語舉要（一九四零） | 逸廬主人 |
| 12 | 香港政治之史的考察（一九三六） | [日本]植田捷雄 原著 石楚耀 中譯 |
| 13 | 香港華人名人史略（一九三七）（中英合璧）The Prominent Chinese in Hongkong（1937） | 吳醒濂 |
| 14 | 僑旅錦囊（一九一八）附〈華英譯音巫語指南〉 | 盧少卿 |
| 15 | 香港教育制度之史的研究（一九四八） | 阮柔 |
| 16 | 香港市政考察記（一九三七） | 譚炳訓 |
| 17 | 《香港陷落（一九四一中文）》《軍政下の香港（一九四四日文）》合刊 | 齊藤幸治、心一堂 |
| 18 | 香港淪陷記（一九四六） | 唐海 |
| 19 | 《香港日佔時期課本——初小公民（一九四三中文）》《嚴重的香港（一九三八中文）》《香港事情（一九一七日文）》合刊 | 香港占領部總督府、殷楊 |
| 20 | 澳門遊覽指南（一九三九） | 何翼雲、黎子雲 |
| 21 | 英粵通語Cantonese for everyone——香港大學粵語教材（一九三一） | H. R. Wells |
| 22 | 香港早期粵語教材——〈初學粵音切要〉（一八五五） | 佚名 |
| 23 | 港澳學校概覽（一九三九） | 呂家偉、趙世銘 |
| 24 | 香港蓄婢問題（一九二三） | 反對蓄婢會 |

書名：香港早期粵語教材——〈初學粵音切要〉（一八五五）
系列：心一堂　香港・澳門雙城成長系列
原著：佚名
主編・責任編輯：陳劍聰

出版：心一堂有限公司
通訊地址：香港九龍旺角彌敦道六一〇號荷李活商業中心十八樓〇五一〇六室
深港讀者服務中心：中國深圳市羅湖區立新路六號羅湖商業大厦負一層〇〇八室
電話號碼：(852)9027-7110
網址：publish.sunyata.cc
淘宝店地址：https://sunyata.taobao.com
微店地址：　https://weidian.com/s/1212826297
臉書：　　　https://www.facebook.com/sunyatabook
讀者論壇：　http://bbs.sunyata.cc

香港發行：香港聯合書刊物流有限公司
地址：香港新界荃灣德士古道220～248號荃灣工業中心16樓
電話號碼：(852) 2150-2100
傳真號碼：(852) 2407-3062
電郵：info@suplogistics.com.hk
網址：http://www.suplogistics.com.hk

台灣發行：秀威資訊科技股份有限公司
地址：台灣台北市內湖區瑞光路七十六巷六十五號一樓
電話號碼：+886-2-2796-3638
傳真號碼：+886-2-2796-1377
網絡書店：www.bodbooks.com.tw
心一堂台灣秀威書店讀者服務中心：
地址：台灣台北市中山區松江路二〇九號1樓
電話號碼：+886-2-2518-0207
傳真號碼：+886-2-2518-0778
網址：http://www.govbooks.com.tw

中國大陸發行　零售：深圳心一堂文化傳播有限公司
深圳地址：深圳市羅湖區立新路六號羅湖商業大厦負一層008室
電話號碼：(86)0755-82224934

心一堂微店二維碼　心一堂淘寶店二維碼

版次：二零二一年三月初版，平裝

定價：港幣　七十八元正
　　　新台幣　三百五十元正

國際書號 ISBN 978-988-8583-73-7